10 contes d'Afrique noire

Titres originaux:

THE OX OF THE WONDERFUL HORNS
AND OTHER AFRICAN FOLKTALES.

BEAT THE STORY-DRUM, PUM-PUM.

ASHLEY BRYAN

10 contes d'Afrique noire

Traduit de l'américain par Rose-Marie Vassallo

Illustrations de l'auteur

Castor Poche Flammarion

Ashley Bryan

Le conteur et illustrateur est né à New York. Après des études artistiques à l'université Columbia, il a beaucoup voyagé et effectué de nombreux séjours en Europe (notamment en France) et en Afrique noire. Il enseigne les arts décoratifs au Dartmouth College, dans le New Hampshire (USA).

Rose-Marie Vassallo

La traductrice vit en Bretagne, près de la mer, avec son mari et ses quatre enfants, grands dévoreurs de livres.

« Lorsque l'on vient de lire un livre et d'y prendre plaisir, dit-elle, on éprouve le désir de le propager. Et l'on s'empresse de le prêter à qui semble pouvoir l'aimer. Mon travail de traductrice ressemble à cette démarche ; j'essaie par là, tout simplement, de partager ce qui m'a plu.

« Ce que je trouve prenant, dans ces contes, c'est moins le dépaysement (pour cause de singes et d'éléphants) qu'au contraire une certaine impression de retour aux sources, le sentiment de renouer avec un pays perdu, plus lointain, plus profond encore que celui de l'enfance enfuie, peut-être le "vieux vieux temps" d'Henri Pourrat, le temps de la tradition orale, des contes égrenés à la veillée en cardant la laine ou en cassant les noix. L'attendu et l'inattendu, le déroutant et le familier s'y marient avec un bonheur désarmant. »

Frères et sœurs,
les cinq premiers contes sont pour vous,
Charlie, Vanessa, Ashley,
Valerie, Denise – un chacun !
Les cinq suivants
sont à la mémoire de ma sœur Emerald.

Ananse l'araignée cherche un imbécile à berner

Conte ashanti - Côte d'Ivoire

Je n'ai jamais dit – je ne dirai jamais – que cette histoire est tout à fait vraie. Pourtant, écoutez plutôt. C'est l'aventure de l'araignée qui cherchait un imbécile.

En ce temps-là, il y a très longtemps, Anansé l'araignée vivait au bord de la mer. L'océan regorgeait de poissons, le long des côtes de ce pays.

Du poisson, mais aussi des crabes, des homards, des langoustes… De quoi faire festin tous les jours – à condition, bien sûr, de se donner la peine de pêcher. Or l'araignée n'aimait pas beaucoup se fatiguer.

— Ah, que j'aimerais prendre du poisson et le vendre ! soupirait-elle. Seulement, pour l'attraper, quel travail ! Fabriquer des nasses, les poser… Hé, mais je sais ce qu'il me faut : un imbécile, un pauvre nigaud, pour faire tout le travail à ma place.

Trouver un imbécile, se disait l'araignée, ce n'était sûrement pas sorcier. Elle en ferait son associé. Il lui pêcherait des tas de poissons qu'elle irait vendre au marché. Elle garderait tous les sous pour elle et deviendrait riche, riche, cousue d'or.

— Mon imbécile, pour le prix de sa peine, je lui laisserai un poisson ou deux, de ceux dont les clients ne veulent pas, et peut-être un crabe les jours de fête. Mais pas de sous, c'est évident, pas de sous. Qu'est-ce qu'un imbécile irait faire de sous ?

Et l'araignée se mit en route, à la recherche d'un imbécile.

Elle entra dans le village en lançant à tous les échos :

— Un imbécile ! Il me faut un imbécile !

Elle avisa une femme qui tournait la soupe dans un grand chaudron.

— Je cherche un imbécile, pour pêcher à ma place.

Mais l'autre éclata de rire en brandissant sa cuiller de bois.

— Un imbécile ? Ce n'est pas ce qui manque ! J'en vois passer à chaque instant. Sur ce chemin d'où tu viens, justement !

L'araignée ne savait trop qu'en penser. Elle poursuivit sa route. Elle arriva sur la plage, s'approcha d'un pêcheur qui ravaudait son filet.

— Je cherche un imbécile.

— Un grain de mil ?

— Un imbécile.

— Un crocodile ?

— Non ! Un imbécile. Un nigaud, quoi !

— Ah, un magot ! Pardi, moi aussi. Mais tu penses bien que si je m'en trouve un, je me le garde.

— J'ai dit : un IM-BÉ-CI-LE ! corna l'araignée.

Et elle s'en fut en marmottant. Un imbécile, elle en tenait bien un, oui – mais sourd comme un pot.

Elle eut beau chercher, rien à faire. C'était partout le même refrain. Des imbéciles, elle en voyait. Elle en voyait même partout. Mais pas un seul ne faisait l'affaire.

Elle allait se décourager quand arriva le faucon. Elle décida de ruser :

— Oh, bonjour, frère Faucon. Si tu venais avec moi pêcher ? Tu m'aiderais à poser des nasses.

Mais le faucon avait l'ouïe fine. Ce que cherchait l'araignée, il le savait très bien. Il n'avait rien d'un imbécile et ne comptait pas se laisser berner.

— Et pour quoi faire, poser des nasses ? Je n'ai pas besoin de poisson, moi. J'ai de la viande à foison.

Mais du haut de son arbre le corbeau avait tout entendu. Il descendit d'un coup d'aile et dit à l'araignée :

— Poser des nasses ? Et pourquoi pas ? Je viens avec toi.

L'araignée en sauta de joie.

— Attends-moi là, Corbeau. Je vais chercher mon coutelas. J'en ai pour deux minutes.

Le corbeau attendit à l'ombre d'un fromager*. Mais sitôt l'araignée hors de vue, le faucon vint le trouver.

— Frère, méfie-toi d'Ananse. Tout ce qu'elle cherche, c'est un imbécile, pour faire le travail à sa place. Et quand le poisson sera pris, dis-toi qu'elle compte aller le vendre et se garder tous les sous pour elle.

— Hé là, dit le corbeau. Je n'en savais rien, moi ! Mais maintenant je sais. Merci, Faucon. Ne m'en dis pas plus, j'ai mon idée. Je vais faire semblant d'être d'accord avec Ananse, et nous verrons qui de nous deux fera tout le travail et qui se gardera les sous.

L'araignée revint bientôt avec son coutelas.

— Viens, Corbeau. Allons dans la brousse couper des tiges de palmier pour nos nasses.

Au pied du premier palmier, le corbeau dit à l'araignée :

— Ananse, donne-moi ce couteau. Je vais couper les tiges. Toi, tu restes assise ici et tu prends ma fatigue, d'accord ?

* Fromager : très grand arbre tropical, à fruits couverts d'une ouate végétale, le kapok.

Mais l'araignée n'était pas d'accord.

— Holà, Corbeau, tu me prends pour quoi ? Pour une imbécile ? Non non, c'est moi qui coupe. Toi, tu restes assis là et tu te charges de toute la fatigue.

Et l'araignée coupa, coupa, des heures durant, tandis que le corbeau se prélassait à l'ombre en poussant de grands soupirs épuisés.

Les tiges coupées, le corbeau aida l'araignée à les lier en botte et déclara :

— Allons, Anansé, laisse-moi porter ce fardeau. Toi, tu n'as qu'à me suivre. Je te laisse la fatiguc ct le tour de reins.

— Taratata, Corbeau ! Tu me prends pour quoi, pour une imbécile ? Pas question. Aide-moi plutôt à charger ce paquet sur ma tête. C'est moi qui le porterai, pas d'histoires. A toi la fatigue et le tour de reins.

Et le corbeau se contenta de suivre, en soupirant et gémissant à la perfection, comme s'il souffrait le martyre à chaque pas. Anansé l'araignée transportait le fardeau.

Devant la case de l'araignée, le corbeau l'aida à se décharger et déclara :

— Et maintenant, laisse-moi fabriquer ces nasses. Mais si, mais si, laisse-moi faire. A toi la fatigue et les crampes aux doigts.

— Jamais ! dit l'araignée. Tu veux rire. Si quelqu'un s'y connaît en tissage et vannerie, c'est bien moi. Laisse-moi tresser ces tiges et à toi la fatigue.

Le corbeau se vautra sur la meilleure natte de la case, et se mit à gémir, à geindre, à soupirer avec plus d'ardeur que jamais.

— Imbécile, dit l'araignée. Tu n'as donc rien dans la cervelle ? A t'entendre on te croirait à l'article de la mort.

Et elle se mit à l'ouvrage. Et croise, et tords, et tisse et tresse, au bout d'un long après-midi elle avait confectionné deux belles nasses.

Le corbeau sauta sur ses pattes.

— Anansé, cette fois, sois gentille. Laisse-moi porter ces nasses à l'eau. A ton tour de prendre la fatigue. Moi je n'en peux plus, tu sais !

— Tiens donc ! dit l'araignée. Sûrement pas ! Je les ai fabriquées, je les transporte. Toi, suis-moi, et prends la fatigue. D'ailleurs tu fais ça très bien.

Et ils descendirent au rivage. L'araignée allait à pas comptés, les nasses en équilibre sur sa tête. Le corbeau suivait, traînant la patte, avec des gémissements à faire frémir la brousse entière.

Au bord de l'eau, le corbeau dit :

— Anansé, tu ne le sais peut-être pas, mais une bête féroce habite là, dans la mer. Laisse-moi me mettre à l'eau et poser ces nasses. Et si jamais la bête me mord, à toi de mourir à ma place.

— Turlututu, dit l'araignée. Ce n'est tout de même pas que tu crois que je vais dire oui ? Non non, ces nasses, c'est moi qui les pose. Si la bête me mord, tu meurs.

Et l'araignée s'en fut patauger, poser les nasses, les garnir d'appâts. Pendant ce temps, les pattes au sec, le corbeau la regardait faire. Puis tous deux rentrèrent se coucher dans la case de l'araignée.

Le lendemain, au petit jour, ils descendirent en hâte au rivage. Dans chaque nasse, il y avait un poisson. Le corbeau dit à l'araignée :

— Deux poissons, quelle chance, Anansé ! Ces deux-là, prends-les, ils sont pour toi.

Demain, il y en aura quatre, et ce sera mon tour de les prendre.

— Tricheur ! s'écria l'araignée. Tu me prends pour quoi, pour une imbécile ? Merci bien. Ces deux poissons, tu peux te les garder. Demain, c'est moi qui prendrai les quatre.

Le corbeau prit les poissons sans se faire prier. Avec une poignée de manioc, un peu d'huile et des épices, il se mijota un bon *foutou** et s'en régala tout seul.

Le lendemain, de bon matin, le corbeau et l'araignée retournèrent inspecter les nasses. Il y avait là quatre poissons. Le corbeau dit à l'araignée :

— Quatre poissons, quelle chance, Anansé ! Prends-les, ils sont à toi. Les prochains seront pour moi. Demain, avec tout cet appât, il y en aura bien huit au moins !

Mais l'araignée se récria :

— Dis donc ! Tu crois que je vais me laisser faire ? Ces quatre-là, prends-les, je n'en veux pas. Demain les huit seront pour moi.

Le corbeau prit les poissons et les mit à

* Plat complet africain aux innombrables variantes (viande ou poisson plus céréales).

frire tous les quatre. Il se mitonna un foutou de roi et n'en laissa pas une miette.

Le lendemain, dans les nasses, il y avait huit poissons superbes. Le corbeau dit à sa commère :

— Huit poissons, et des gros ! Tu en as de la chance, Araignée ! Allons, prends-les, moi j'attends demain. Il y en aura seize, c'est certain. Et ils seront pour moi, bien sûr.

— J'aimerais voir ça ! dit l'araignée. Non mais, tu me prends pour une imbécile ? La pêche d'aujourd'hui, je te la laisse. Je me réserve celle de demain.

Le corbeau prit les poissons et les mit à cuire au four. Il s'en fit un foutou d'empereur qu'il eut peine à terminer.

Le lendemain, dans les nasses, il y avait bel et bien seize poissons. Mais ils s'étaient tant trémoussés, tant débattus, tant déme-nés, que les nasses avaient triste mine. Le corbeau dit à l'araignée :

— Anansé, regarde-moi ça. Ces pauvres nasses ont piètre allure. Elles ne prendront plus un seul poisson… Mais je parierais que sur le marché il se trouverait encore un imbécile pour les acheter. Prends ces poissons, laisse-moi les nasses. Je me fais fort d'en tirer bon prix.

L'araignée faillit se fâcher.

— Hors de question, mon cher Corbeau. Les poissons, c'est toi qui les prends. Tu en feras ce que tu voudras, mais moi je vais vendre ces nasses et le magot que j'en tirerai sera pour moi.

Le corbeau prit les seize poissons, l'araignée ce qu'il restait des nasses, et tous deux se rendirent au village voisin, un peu plus loin dans les terres. Là, ils s'installèrent sur la place du marché.

Le corbeau n'avait pas plus tôt étalé ses poissons tout frais qu'une nuée d'acheteurs se pressait alentour. En un clin d'œil il eut tout vendu. Il aurait eu trente-deux poissons qu'il les aurait vendus tout pareil. Ou soixante-quatre, ou même cent vingt-huit. Mais peu lui importait. Sa bourse était pleine, il était content.

Ses clients dispersés, le corbeau retrouva l'araignée, toujours accroupie seule dans son coin, avec ses deux nasses à vendre. Il alla lui porter conseil :

— Mais ne reste pas plantée comme ça ! Promène-toi avec ta marchandise. Fais voir aux gens tes belles nasses patinées. Crie bien fort que tu veux les vendre, qu'elles vaudraient une fortune chez un antiquaire ! Allez, un peu de publicité, quoi, fait entendre ta voix !

L'araignée sauta sur ses pieds et cria, tout émoustillée :

Qui veut des nasses, un vrai trésor ?
Antiques et belles et tout usées,
La fine fleur des beaux objets ?
Je les cède contre leur poids d'or ?

Le chef du village, à ces mots, manqua de s'étrangler. Qui osait lancer pareilles sottises sur sa grand-place ? Qui prenait les siens pour des imbéciles ? Il appela ses gardes :

— Dites, d'où sort-il, j'aimerais le savoir, l'énergumène que j'entends là ? Qu'on me l'amène immédiatement.

L'araignée ne se fit pas prier. Déjà elle calculait combien d'or ou de riches coquillages elle allait retirer de cette vente. Mais la grosse voix du chef l'arracha à son rêve :

— Holà, toi ! Dis voir un peu ! Où te crois-tu ? Au royaume des imbéciles ?

L'araignée se mit à trembler.

— Ton ami Corbeau est venu nous vendre du poisson splendide, et il en a tiré bon prix. Tu étais à côté, tu aurais dû comprendre : nous ne sommes pas fous, ici. Ni les uns ni les autres. Et toi tu voudrais nous refiler, ou plutôt vendre à prix d'or, tes deux nasses déglinguées qui ne valent pas un grain de mil ?

Le chef était si furieux qu'il appela ses hommes :

— Qu'on lui donne le fouet !

L'araignée voulut fuir, mais elle se prit les pattes dans ce qu'il restait de ses nasses. Plus elle se débattait, plus elle s'entortillait dans ce fatras. Elle était prise à son propre piège.

Et les coups pleuvaient, et Anansé pleurait :

— Pui-pui, pui-pui ! Pitié ! C'est bientôt fini, je vous prie ?

De grosses larmes de douleur perlaient aux yeux de l'araignée. Des larmes de douleur, mais des larmes de honte aussi : elle venait de comprendre, un peu tard, qu'à vouloir berner son prochain on finit toujours par se berner soi-même.

Et voilà, mon conte est fini. Drôle ou triste, sage ou leste, prenez-en ce qui vous plaît et laissez-moi remporter le reste.

Monsieur Grenouille et ses deux épouses

Angola

Que je vous raconte l'histoire de Kumboto, Kumboto M. Grenouille. Kumboto qui a cru malin de prendre deux épouses.

Au début, tout s'est bien passé.

— *Couha-couho !* chantait-il pour l'une.

— *Couho-couha !* chantait-il pour l'autre.

Et vouiff ! Il bondissait en l'air comme un

ressort. Et vloum ! Il retombait au sol, les pattes en torsade. Ouahhh ! Quel bonheur d'avoir deux femmes !

Oh, il avait bien fait les choses. Pour commencer, il avait pris soin d'offrir à chacune son chez-soi. Son domaine était grand. Il leur avait laissé le choix.

Sa première femme s'était décidée pour le petit bois de figuiers, au soleil levant. Soit. En un rien de temps, bim ! elle avait sa case.

Sa seconde femme s'était décidée pour le petit bois de palmiers, au soleil couchant. Soit. En un rien de temps, bam ! elle avait sa case.

Et lui, son endroit préféré, était entre les deux, au milieu. Il y avait là un buisson couvert de baies juteuses, et Kumboto aimait bien en grignoter une ou deux de temps en temps. Par là-dessus un grand kolatier* offrait son ombrage et ses noix. Pour ne rien dire du marigot**, bien caché sous les roseaux et parfait pour les bains du soir. Et bom ! En un rien de temps, Kumboto avait sa case.

Jusqu'ici, pas de problème. Tous les jours,

* Arbre produisant la noix de kola.

** Trou d'eau ou marécage dans un pays équatorial.

sa première femme lui mitonnait son premier repas, sa seconde femme le second. Au lever du soleil, Dame Grenouille du levant préparait la bouillie, une bonne bouillie épaisse pour le déjeuner de son mari. En fin d'après-midi, Dame Grenouille du couchant mettait la soupe à cuire, une bonne soupe épaisse pour le dîner de son mari. Comme arrangement, c'était l'idéal. M. Grenouille s'en gonflait d'aise, fier et ravi de son trait de génie.

Pendant des mois, jour après jour, le soleil a brillé dans un ciel sans nuages. Pendant des mois, jour après jour, M. Grenouille a fait bombance à ses deux tables tour à tour : le matin, chez sa femme du levant ; le soir, chez sa femme du couchant. Rien à redire. Tout allait bien.

Là-dessus est arrivée la pluie.

Oh, ce n'est pas que la pluie ait ennuyé Kumboto, au contraire ! Il l'adore, la pluie, Kumboto ! La saison des pluies, c'est sa saison à lui. À la première averse, il s'est mis à sauter de joie ici et là. Pendant douze jours, il n'a pas tenu en place. La vie était plus belle que belle : deux épouses, et la pluie en plus !

Mais au douzième jour de pluie, ses femmes ont commencé à ne plus trop s'y retrouver. Matin, midi ou soir, c'est tout un sous la pluie. Pas de soleil pour se repérer, allez donc savoir l'heure qu'il est ! Et le treizième jour, un jour tout gris, elles ont perdu la tête pour de bon. C'est vers le milieu de la journée qu'elles se sont mises à leurs marmites – et toutes les deux bien en même temps.

Chacune de son côté, au levant comme au couchant, soufflait sur son feu de bois et touillait son chaudron. M. Grenouille, un peu égaré, humait à droite, humait à gauche, vautré sur sa natte de roseaux. Hum, le délicieux fumet qui venait du levant ! Doux, fruité, délicat, quel bouquet ! Hum, le délicieux fumet qui venait du couchant ! Épicé, piquant, relevé, de quoi vous mettre l'eau à la bouche ! Haaah…

Le foutou enfin prêt, au levant comme au couchant – cuit à point, bon à servir –, Dame du levant et Dame du couchant se sont postées chacune sur le pas de sa porte, pour y guetter le mari.

Mais de M. Grenouille, point.

Quoi ? En retard pour le repas ?

— Va me chercher ton père, et que ça saute !

a dit la première épouse à son petit grenouillot.

— Va me chercher ton père, et que ça saute ! a dit la seconde épouse à sa petite grenouillotte.

Les deux enfants se sont élancés, chacun de son côté, vers le milieu du champ. Et saute et glisse et cours et bondis, petit du couchant et petit du levant, ils sont arrivés ensemble à la case de leur père. Et vlouf ! Les voilà sur sa natte. Chacun l'a pris par une patte en criant à pleine voix :

— À table, Père, à table ! Allons, viens avec moi ! Avec moi, j'ai dit. Viens ! À table !

Pauvre Kumboto, il a cru en perdre la tête. Que faire ? Qui suivre ? On le tiraillait d'un sens, on le tiraillait de l'autre. Le pire, c'est qu'il n'avait même pas de préférence. Il s'est libéré les pattes, il a battu le tambour sur son estomac.

— La paix, à la fin, quoi ! La paix !

Il a levé les pattes au ciel, en sautant à pieds joints.

— Allons bon, mais que faire ? Elles m'appellent toutes deux en même temps ! À table, à table, elles en ont de bonnes ! Elles sont deux, et je ne suis qu'un. Si je vais d'abord à droite, au levant, ma femme du couchant va m'en faire tout un plat : « Aha, c'est elle que tu préfères, hein ? » Mais si je vais d'abord à gauche, au couchant, c'est ma femme du levant qui criera. Je l'entends comme si j'y étais déjà. « Tiens pardi, je le savais bien, que c'était elle que tu aimais le mieux ! Je le savais ! »

Kumboto s'est assis par terre en soupirant comme un buffle. Il en était si retourné qu'il s'est mis à bégayer. Sa voix s'est cassée, il répétait comme un perroquet :

— Que faire, mais quoi ? quoi ? quoi ? Aucune des deux ne me croi-croira ? Que faire, mais quoi ? quoi ? quoi ?

Et voilà, l'histoire s'arrête là. Parce que ce pauvre Kumboto n'a toujours rien décidé. Voilà ce que c'est que d'avoir deux femmes. Tout va très bien – jusqu'aux premiers nuages. Après quoi les choses se compliquent.

M. Grenouille – ce brave Kumboto – est toujours dans son marigot. De temps à autre, il lance au ciel :

— *Couha-couho ! Couho-couha !*

Il a une drôle de voix, c'est vrai. Un peu étranglée : c'est l'angoisse. Il y a des gens qui se moquent de lui et qui vont jusqu'à dire qu'il coasse. Mais pas du tout, Kumboto parle. Il se demande encore, depuis le temps :

— Que faire, mais que faire ? quoi ? quoi ? quoi ?

Ayez donc une pensée pour lui.

Éléphant et Grenouille vont faire la cour aux belles

Angola

Je ne me lasserai jamais de raconter comment Grenouille et Éléphant contèrent fleurette un temps aux jeunes filles de la même maison.

Grenouille et Éléphant avaient beaucoup de succès auprès de ces demoiselles. Il faut dire qu'ils étaient aux petits soins pour elles. Jamais ils ne seraient arrivés les mains vides. Tantôt des fleurs, tantôt des fruits, toujours ils apportaient un petit cadeau gentil.

D'ailleurs tous ceux qui les connaissaient étaient d'accord sur ce point : malgré des différences qui tombaient sous le sens, Éléphant et Grenouille se ressemblaient beaucoup.

D'abord ils étaient beaux tous les deux, chacun à sa manière bien sûr. Et puis tous deux aimaient bien l'eau, et les longues balades en forêt – surtout le long du sentier qui menait chez les demoiselles. Enfin, s'ils n'étaient pas de la même taille, ils avaient tous deux le même âge – le bel âge évidemment.

Mais à quoi bon énumérer tout ce qui les rapprochait ? Ils se ressemblaient, c'est un fait, mais là n'est pas notre histoire.

L'histoire a commencé le jour où M. Grenouille est allé voir ces demoiselles tout seul. Il s'est assis avec elles devant la maison, à l'ombre d'un fromager, à siroter du lait de coco bien frais. Ces demoiselles entouraient M. Grenouille, et riaient fort de ses traits d'esprit. Il était plus drôle et charmant que jamais. Il se sentait le roi de la forêt !

Hélas ! voilà que la bien-aimée de l'éléphant s'est mise à parler de son galant. Il était si beau, si charmant, si délicat, si élégant !

Alors M. Grenouille a vu rouge. Il s'est gonflé, gonflé, du mieux qu'il a pu. Et il a dit, l'air de rien :

— Ah, Éléphant ? Oui, c'est un brave garçon. Vous savez toutes déjà, j'imagine, qu'il me sert de baudet. Une excellente monture, ma foi !

Les filles n'en ont pas cru leurs oreilles :

— Qui ? M. Éléphant ? Votre baudet ? Oh, c'est vrai, dites ? C'est vrai ?

Elles en étaient si émoustillées qu'elles faisaient ronde autour de lui. Grenouille se sentait grand et fort, un vrai géant ; bien plus gros que l'éléphant. Quand il est reparti, ce soir-là, il bondissait comme une antilope, tant il débordait de fierté. La forêt lui appartenait.

Ce soir-là, justement, l'éléphant à son tour est venu rendre visite, tout seul, aux demoiselles. À peine est-il sorti de la brousse qu'elles ont lancé à sa bien-aimée :

— Oh regarde, le voilà, c'est lui ! Le baudet de M. Grenouille !

Elle a couru à sa rencontre. Il lui a donné des cerises sauvages, un bouquet de fleurs, un petit baiser, sans parler d'un bon gros câlin de sa trompe enroulée.

Mais c'est à peine si elle a remercié. Elle avait encore sur le cœur ce qu'avait dit M. Grenouille. Alors elle a laissé tomber :

— D'après ce que nous a raconté ton ami, tu lui sers de baudet, à ce qu'il semblerait.

Éléphant en a rugi de rire :

— Eh, ça vaut mieux que l'inverse, non ?

Les filles ont bien ri elles aussi, mais elles ont répété mot pour mot ce qu'avait dit M. Grenouille. Visiblement, elles y croyaient.

— Hé, minute, là, mignonnes ! a protesté l'éléphant. Vous voulez dire que… Moi ? Moi ? Le baudet de Grenouille ? Il plaisantait, bien sûr !

— Mais pas du tout, a dit sa fiancée. Pas du tout ! Il nous a juré qu'il était tout ce qu'il y a de plus sérieux.

Alors Éléphant a vu rouge. Il a fulminé, tempêté, il est parti en fouettant de la queue. Les rires des demoiselles l'ont escorté loin dans la brousse ; il se sentait petit, tout petit, bien plus petit que Grenouille.

Le lendemain matin, il est parti à la recherche de son ami. Il l'a cherché partout, partout, et pour finir il l'a trouvé qui batifolait dans le fleuve. Grenouille l'a appelé, tout joyeux :

—Hé, salut, vieux ! Viens, elle est bonne ! On fait la course ?

Mais Éléphant n'a pas pipé. Il a allongé la trompe et tiré Grenouille hors de l'eau. Et il l'a laissé tomber. Flop ! dans les herbes. Il a penché vers lui son grand front et lui a dit sans bégayer, encore tout frémissant de colère :

— Dis voir un peu, microbe ! C'est vrai que tu as raconté aux filles que je te servais de baudet ?

Grenouille a sauté sur ses pieds.

— Quoi, quoi ? Qu'est-ce que tu me chantes là ? Eh, calme-toi, vieux, calme-toi ! (Il s'avançait, poings en avant, l'air menaçant.) Répète un peu, voir ! On n'accuse pas les gens comme ça, quoi !

Éléphant a reculé d'un pas. Son ami l'impressionnait. Il a voulu arranger les choses.

— Bon, bon, ça va, demi-portion. Mais c'est

ma bien-aimée. Elle a dit que tu avais juré que je tenais lieu de baudet !

— Quelle idée ! C'est de la folie. Tiens, viens avec moi, vieux frère ! Allons de ce pas remettre les choses au point.

Grenouille est parti en avant, mais il s'est bientôt retrouvé à la traîne. Éléphant était pressé d'aller régler l'affaire, mais d'un autre côté ce n'était pas la peine d'arriver là-bas seul. Alors il a marqué le pas pour attendre Grenouille.

— Alors, quoi, moustique, tu te dépêches ?

Grenouille l'a rattrapé enfin, traînant la patte, à bout de souffle.

— Oooh, cette piste ! Et j'ai dû me prendre une écharde dans le pied. Ma pauvre patte ! Elle n'en peut plus. Pas question de te suivre, vieux. Je rentre à la maison, il faut que je me soigne.

— Hein, quoi ? a tonné l'éléphant. Tu ne vas pas renoncer maintenant, moucheron ! Écoute, les filles vont te le soigner, ton pied. Dès que notre affaire sera réglée. Allez, tiens, grimpe sur mon dos. Au moins, nous arriverons ensemble. Il n'y en a plus pour longtemps.

— Oh, merci, vieux, tu es bien brave, mais je ne voudrais pas abuser. Si je te pèse un tant soit peu…

— Ne dis donc pas de bêtises.

Alors Grenouille n'a fait qu'un bond sur le dos de l'éléphant.

Le dos d'un éléphant, c'est large – le grand confort pour voyager – et la piste ne cahotait guère. Pourtant Grenouille ballottait de-ci, de-là, et il lançait les pattes en tous sens comme pour se retenir de tomber. Bientôt il a crié dans l'oreille de son ami :

— Vieux frère ! Eh, vieux frère ! À ce train-là, ce n'est pas seulement mal à une patte que j'aurai en arrivant, mais mal partout, si je suis encore de ce monde ! Il me faudrait des rênes, que je puisse m'y cramponner !

Éléphant a fait halte, il s'est agenouillé, Grenouille a sautillé à terre. Éléphant était pressé, il a aidé son ami à arracher trois longues lianes à un vieux figuier banyan*. Grenouille a tressé les lianes pour en faire une bonne corde, qu'il a passée comme un

* Figuier banyan : figuier à nombreuses racines aériennes.

mors en travers de la bouche de l'éléphant. Après quoi, toujours boitillant, il est remonté sur son dos.

Et là, bien droit, les rênes en main, il s'est écrié aussitôt :

— Ah, voilà qui est mieux ! Beaucoup mieux ! Tu n'as pas idée, vieux frère, de la différence que ça peut faire.

Ils sont repartis d'un bon pas.

Mais ils n'avaient pas fait une lieue que tout à coup Grenouille s'est mis à mouliner des bras comme s'il avait perdu la raison.

— Nom d'une panthère, vieux frère, nous traversons une nuée de moustiques ou quoi ? Jamais autant vu de ces sales bêtes ! Laisse-moi me tailler une badine, ou elles vont nous dévorer vivants !

Une fois de plus, ce bon Éléphant a mis le genou à terre. Grenouille s'est laissé glisser en bas, il s'est traîné jusqu'à un buisson. Là, il s'est taillé une badine, et l'a fait siffler dans les airs en regagnant le dos de son compère.

Tout le restant du trajet, Grenouille a tenu les rênes bien lâches et ne s'est guère servi de sa badine. Ils sont arrivés bientôt à la lisière de la brousse. Là-bas, derrière le fromager, se dressait la case des demoiselles.

— Et maintenant, a dit l'éléphant, ouste, moucheron ! Descends de là, nous arrivons.

Mais Grenouille a fait la sourde oreille. Bien pis, au lieu de descendre, il a tiré un bon coup sur les rênes. Fou de douleur, la bouche en feu, Éléphant a lancé une ruade, a piqué du nez en avant. Mais Grenouille tenait bon ; il a seulement tiré un peu plus fort. Éléphant est parti au galop.

Les demoiselles, à ce remue-ménage, ont couru sur le pas de la porte. Juste à temps pour voir passer, sur le dos de l'éléphant, M. Grenouille tout fringant, les rênes dans une main, la badine dans l'autre.

Sitôt passé la maison, Grenouille a tiré sur une rêne d'un coup sec et l'éléphant a fait volte-face pour repartir au grand galop. Ils sont repassés devant la maison, et les demoiselles ont applaudi. Jamais encore elles n'avaient vu si fier cavalier, ni monture aussi guillerette.

Et l'éléphant fonçait, fonçait, tête baissée, sur le sentier d'où il était venu. Comme ils passaient sous des branches basses, hors de la vue des demoiselles, Grenouille a lâché les rênes pour empoigner une liane au passage. Il s'est hissé dans la feuillée, en coassant à son ami :

— Allez, salut, mon brave baudet ! Au revoir et merci, c'était une belle balade !

Alors Éléphant s'est rué sur les arbres, pour les secouer à grands coups de trompe. Il les a secoués, malmenés, battus. Il a tordu les troncs, brassé les feuillages, fait descendre une pluie de bananes, de figues, de mangues, de noix de coco… Il n'a pas fait descendre Grenouille.

Il a fini par renoncer. Sur le chemin du retour, les oiseaux chantaient, mais Éléphant avait le cœur lourd. Il entendait comme s'il y était les demoiselles répéter entre elles : « C'était donc vrai. La pure vérité. Grenouille est un grand cavalier, Éléphant est sa monture. »

Voilà, mon conte est terminé. Qu'il vous fasse rire ou soupirer, je n'ai rien à y ajouter.

La tortue, le lièvre et les patates douces

Afrique du Sud

Je parie que vous ne savez pas comment la tortue, un jour, roula le lièvre comme au coin d'un bois.

Et pourtant, pour rouler les autres, il s'y entendait, le lièvre ! Il ne rêvait que d'entourloupettes. Poser des colles, faire des niches, berner tout le monde et n'importe qui, voilà tout ce qu'il savait faire. Et il n'était jamais à court d'idées, le bougre ! Des tours à jouer, son sac en débordait toujours.

Tortue était trop occupée à tenir sa petite mare bien propre pour trouver le temps de jouer des tours. C'est qu'on venait de loin pour y boire, à sa mare ! Des champs, des plaines et de la brousse, des environs ou de fort loin, les visiteurs ne manquaient pas.

Et tortue les accueillait le cœur content, car elle avait fait sien le proverbe : « Apaise la soif du voyageur, il apaisera ta soif de nouvelles. » Et en effet, elle qui ne quittait quasiment jamais son trou d'eau, elle était mieux informée que personne et ne s'en laissait guère conter.

Depuis quelque temps les bruits qui couraient n'avaient rien de réjouissant. Jour après jour, Tortue entendait le même refrain : il y avait un voleur dans le coin, un chapardeur qui se servait dans les champs alentour. Il faut dire qu'en ce pays-là tout le monde était toujours prêt à donner un peu de ses récoltes à quiconque avait faim. Mais voler ne se faisait pas. Jamais. Personne ne volait.

Du coup, chacun se demandait : « Mais enfin, qui donc ose faire ça ? Qui donc ose se servir sans jamais rien demander ? » Hélas ! personne ne savait. Pourtant Tortue avait sa petite idée.

Un jour, Lièvre arriva au bord de son trou d'eau. Il but tout son content et releva la tête, l'œil luisant. Il se disait : « Bien, et maintenant, quel tour jouer ? Salir cette mare, peut-être ? » Certes, un vieux proverbe dit bien : « Ne gâte pas l'eau du puits après y avoir bu, où boirais-tu demain ? », mais Lièvre s'en souciait comme de sa première culbute. L'ennui, c'est que Tortue était là qui veillait. Alors Lièvre s'assit près d'elle et se contenta de lui poser des devinettes. Tortue avait réponse à tout.

— Attends, j'en connais une qui va te faire sécher, dit le lièvre. Qu'est-ce que je peux battre à grands coups sans laisser de trace ?

— J'habite à côté et j'en bois, dit la tortue. C'est l'eau.

Alors le lièvre, en soupirant, renonça à l'attraper avec ses devinettes. Il l'aurait d'une autre façon.

— Tu sais ce que nous devrions faire, Tortue ? Labourer un champ, tous les deux.

— Moi ? Labourer un champ ? C'est à peine si j'arrive à gratter mon petit carré de potager. Comment voudrais-tu que je laboure tout un champ, avec mes pattes courtes ?

— Pattes courtes ? Elles sont magnifiques tes pattes. Juste de la bonne longueur pour la houe.

— Et comment veux-tu que je la tienne, ta houe, dis-moi un peu ?

— Pas de problème. Il suffirait de te la fixer aux pattes. Je me ferais un plaisir de l'y attacher.

« Tiens, pour une fois, il y a du vrai là-dessous », se dit Tortue tout bas. Lièvre était roublard comme pas deux, décidément. Mais elle n'allait pas se laisser faire. Elle dit tout haut :

— Merci, mais je n'ai pas envie d'essayer.

Il y eut un silence. Lièvre réfléchissait.

— J'ai faim, dit-il enfin. Pas toi ?

— Si, un peu, mais mon pauvre jardin n'a plus une pousse verte.

— Oh, pas de chance ! Mais ce n'est pas grave, écoute. En venant ici, j'ai remarqué tout un champ plein de bonnes choses. C'est celui de Sanglier, sauf erreur. Viens, allons déterrer deux ou trois de ses patates douces.

— Oh, oh ! Lièvre, que dis-tu là ? Tu sais bien qu'il ne faut pas. Pas question de voler, ça non !

Il y eut un autre silence. Tortue avait faim pour de bon. Et une idée lui venait. Elle se tourna vers le lièvre.

— Où as-tu dit qu'était ce champ de patates, déjà ?

— Tout près d'ici, derrière les fourrés.

La tortue fit mine d'hésiter.

— Hum… Je ne pense pas que deux ou trois patates feraient défaut au sanglier…

Sitôt dit, sitôt fait. Les voilà sur le champ voisin. Déterrer quelques patates douces était l'affaire d'un tournemain. En un rien de temps, le sac du lièvre était plein.

Alors, avec des airs de colosse, il cala le chargement sur le dos de la tortue, et tous les deux gagnèrent la brousse pour y faire cuire leur butin. Ils se trouvèrent un coin tranquille, ramassèrent des herbes sèches, et bientôt, dans le feu crépitant, les patates étaient cuites.

— Mmm-miam ! dit Tortue en y plantant le bec.

— Minute ! coupa Lièvre. N'entends-tu rien venir ?

— Mmm-mioum ! continua Tortue, la bouche pleine.

— Arrête de faire des bruits ! Comment veux-tu que j'écoute ? Et si on nous tombe dessus, hein ?

— Mmm-miam-mioum, fit Tortue en se prenant une autre patate.

Lièvre était furieux.

— Mais arrête, à la fin ! Tu veux te faire mordre et piétiner ? Remets cette patate où tu l'as prise. Il faut d'abord nous assurer que Sanglier n'est pas après nous.

Il l'obligea à poser sa patate et tous deux s'éloignèrent, chacun de son côté, pour inspecter les environs.

Mais Tortue avait deviné ce que tramait son compère. Elle ne fit que trois petits pas. Le lièvre avait bondi hors de vue. Alors, elle revint aux patates, en prit une grosse et se glissa dans le sac.

— Mmm-miam, fit-elle tout bas.

Elle allait ressortir pour en prendre une

autre quand une grêle de patates rôties s'abattit sur sa carapace. Lièvre était revenu comme prévu, tout doux, sans perdre un instant, et il se dépêchait de fourrer les patates dans son sac.

« Merci ! » songea Tortue en mordant de bon cœur dans une grosse patate chaude. « Me voilà servie sur place. »

Et flip et flop, en un clin d'œil ce filou de Lièvre avait tout ramassé. Son sac était plein à craquer. Il se mit à crier :

— Tortue ! Tortue ! Vite ! Sauve-toi ! Décampe ! Sanglier est après nous ! Et sa grosse laie avec !

Alors il balança le sac sur son épaule et partit d'un pas leste. Et chemin faisant il songeait : « C'est le meilleur tour de ma vie ! Il ne reste plus qu'à mettre quelques lieues entre cette vieille lambine et moi. » Il riait à s'en étouffer.

Pendant ce temps, au fond du sac, Tortue avait pris ses aises. Elle engloutissait tranquillement patate douce sur patate douce. « Dommage pour Lièvre, il rate le festin, pouffait-elle tout bas. Mais il aime mieux courir, à ce qu'on dirait. »

Lièvre courut longtemps, et loin. Lorsque enfin il s'arrêta, Tortue arrivait au bout des patates. Elle avait déjà avalé toutes les plus belles et les mieux rôties. En fait, il n'en restait plus qu'une, minuscule et racornie.

— Ouf, cette fois ça y est, dit le lièvre. (Il posa le sac à terre et y glissa la patte.) Pauvre Tortue ! Dire qu'elle est si loin ! Dire qu'elle ne pourra pas déguster ces merveilleuses patates douces !

Il enfonça la patte dans le sac. Tortue y fourra la toute dernière patate. Il y jeta un coup d'œil et rugit :

— Quoi ? Quelle horreur ! Quelle petite chose minable ! Je n'ai pas couru comme un dératé pour une patate grosse comme une noisette.

Et vlan ! Il la jeta dans le fourré. Il enfonça de nouveau la patte dans le sac. Ah, cette fois, il en tenait une grosse, lourde, ronde et toute ferme. Elle devait être fameuse, celle-là !

Mais quand il vit ce qu'il avait en main, il eut un hurlement de dépit et laissa choir la chose à terre.

— Tortue ! Mais que fais-tu là, bon sang ?

Il renversa le sac, le secoua. Plus rien ! Il

en avait des larmes aux yeux ; il ne voulait pas y croire.

— Mes patates douces ! Mes patates ! Je les ai déterrées, je les ai fait rôtir… Oh non, non, non ! Tu n'as pas mangé ma part, tout de même, dis ? Oh, sœur Tortue, c'est trop injuste ! Comment as-tu osé me faire ça ? Bouhou, non, c'est du vol !

Mais sœur Tortue n'était plus là pour le sermon. Pendant qu'il se lamentait, elle avait pris ses jambes à son cou et sagement regagné son trou d'eau.

Et ce pauvre Lièvre pleurnichait, assis par terre le ventre creux.

— Bou-hou, cette vieille roublarde de Tortue ! Elle a mangé toutes mes patates douces ! Bou… Quand je pense que je l'ai transportée, tout du long, pendant qu'elle se gobergeait – j'en pleurerais !

En pleurer ? C'est ce qu'il faisait déjà !

Le bœuf aux cornes magiques

Conte bantou

Des cornes de bœuf pour tout partage, ce n'est vraiment pas la richesse. Pourtant, écoutez l'histoire du garçon qui en tira fortune.

Il s'appelait Mungalo, et c'était le fils d'un grand chef. Son père était riche, très riche et il avait quantité d'épouses. Toutes aimaient bien leur mari, mais toutes étaient jalouses de la mère de Mungalo, sa première femme – sa favorite. Oh, elles ne s'en prenaient pas à la mère de Mungalo, jamais elles ne l'auraient osé. Elles s'en prenaient à Mungalo, c'était tellement plus facile ! Elles trouvaient toujours le moyen de lui faire mille misères.

Mais Mungalo résistait bravement. Tous les matins, poussant devant lui les chèvres et les moutons de son père, il jouait de son petit tambour, et le son qu'il en tirait lui faisait oublier les tourments que lui infligeaient ses marâtres.

Le soir, bien sûr, à son retour, elles redoublaient de malice. C'était à qui crierait le plus fort dès qu'il rentrait avec ses bêtes. Il n'avait pas franchi la crête qu'il entendait déjà leurs voix aigres :

— Mungalo ! Mungalo ! Mungalo !

Elles avaient toutes une corvée pour lui – et de première urgence, on s'en doute ! Mungalo avait beau se démener, jamais elles n'étaient satisfaites. Et elles ne tenaient pas à l'être ; elles avaient bien soin, comme on dit, de « lui fournir un panier d'osier pour aller puiser de l'eau ».

Oh ! bien sûr, sa vraie mère, quand il était

petit, l'avait entouré de tendresse et protégé de son mieux, elle lui avait donné des jouets, l'avait consolé souvent. Mais elle était morte, hélas ! et Mungalo, encore enfant, s'était retrouvé bien seul. Les jouets qu'elle lui avait donnés s'étaient cassés l'un après l'autre, même celui qu'il aimait le plus, un petit buffle d'argile. Il avait cependant gardé dans son cœur la promesse qu'elle lui avait faite : un jour, quand il serait grand, son père lui donnerait un buffle, un grand bœuf à bosse du troupeau, un bœuf tout blanc.

Et les années passaient. Chaque matin, à l'aube, Mungalo se mettait en route avec ses bêtes, à la recherche d'un point d'eau, d'un coin d'herbe tendre. Veiller sur ce troupeau têtu n'avait rien d'une mince affaire, et pendant ce temps ses frères, les fils des nombreuses femmes de son père, jouaient sans se soucier de rien. Et quand Mungalo rentrait, tout ce qui l'attendait en fait de bienvenue c'était d'autres corvées encore. Pourtant il endurait ses misères sans rien dire et n'en soufflait jamais mot à son père.

Vint enfin l'âge de l'initiation, selon l'usage de sa tribu, et juste après la cérémonie, comme sa mère le lui avait promis, son père lui fit don d'un bœuf blanc. C'était une grande belle bête, avec des cornes superbes – le plus beau de tous les bœufs du troupeau de son père.

Mungalo espérait bien être enfin traité avec un peu de respect. Il était en âge de mener le troupeau de bœufs, et il possédait le plus fort, le plus admiré de tous.

Mais la jalousie de ses marâtres n'en fut qu'attisée davantage. Il leur fallait trouver mieux encore pour faire souffrir Mungalo. La vie devenait intenable, et Mungalo décida un jour de quitter le toit paternel. Le lendemain matin, à l'aube, il monta sur son grand bœuf blanc et partit droit devant lui, sans même un dernier regard pour les terres de son père.

Mungalo et son bœuf cheminèrent sept jours et sept nuits, sans presque s'arrêter si ce n'est pour boire un peu et se restaurer chichement.

Le huitième jour, vers midi, ils se retrouvèrent dans une immense plaine. Le soleil y tapait si dur que dans l'air surchauffé le sol semblait se soulever comme les vagues de la mer.

Mungalo avait faim et soif. Mais il avait beau regarder autour de lui, fouiller des yeux l'horizon, l'endroit était désert. Ni arbre, ni arbrisseau, ni le moindre signe d'eau.

Alors il caressa son bœuf.

— Mon pauvre vieux. Je t'ai arraché d'un lieu que tu connaissais pour te conduire ici, en un lieu inconnu. J'ai voulu échapper à la lâche cruauté des femmes de mon père, mais quoi de plus cruel qu'une mort loin de tout, dans la faim et la soif ?

Émµ par sa détresse, le bœuf prit la parole :

Mungalo, écoute-moi bien !
Fais un souhait, je l'exaucerai ;
J'apaiserai ta soif et ta faim,
Te vêtirai, te logerai.
Frappe ma corne droite, trois fois,
Ce que tu souhaites apparaîtra,
Frappe ma corne gauche, deux fois,
Aussitôt tout disparaîtra.

Mungalo s'empressa de faire ce que disait son bœuf. Il frappa trois coups légers sur la corne droite. Au troisième coup, le sol se couvrit d'herbe fraîche et de coupes emplies de fruits juteux et de mets odorants.

Mungalo se laissa glisser à terre et remercia son ami. Tous deux burent et mangèrent et en furent tout ragaillardis.

Alors Mungalo, remontant sur son bœuf, frappa deux coups légers sur la corne gauche. L'herbe et les reliefs du festin disparurent. On aurait dit que la corne elle-même les avait happés sans bruit.

Et tous deux se remirent en route.

Sept jours et sept nuits durant, ils traversèrent la plaine aride. Ils ne s'arrêtaient que pour prendre un peu de repos, se rafraîchir et se rassasier par la vertu des cornes magiques.

Ils arrivèrent enfin à la lisière d'une forêt vierge. Des troncs d'arbres immenses et tout un fouillis de lianes et de racines leur barraient le chemin. Mais les sabots du bœuf n'avaient pas plus tôt effleuré le sol que lianes et racines s'écartaient devant eux. Les fougères géantes s'écartaient pour leur laisser le passage. Les branches basses se soulevaient, les fourrés se tapissaient à leur approche. Tout ce mouvement faisait çà et là une trouée dans les feuilles. Le soleil s'y faufilait, et des taches de lumière venaient danser sur le sol de la forêt. Mungalo avait l'impression d'avancer en pleine féerie.

Au cœur de la forêt s'ouvrait une vaste clairière. Un troupeau de buffles paissait là, veillé par un taureau puissant.

Mungalo ne voyait guère comment contourner le troupeau, et le taureau, visiblement, mettait au défi son bœuf blanc. À l'approche des intrus, il eut un grand coup de tête, et se mit à piaffer sourdement. Le sol en trembla – et Mungalo frémit. Mais son bœuf blanc lui dit :

Ne crains pas la corne du taureau sauvage,
Dans ce combat-ci, j'aurai l'avantage.
Nous avons encore à marcher longtemps
Avant d'arriver là où nous attend
Au pied d'un à-pic un autre combat ;
Là je tomberai, là tu me perdras.

Et le face-à-face commença. Mungalo s'était accroupi à l'entrée de la clairière, le troupeau s'était rangé de l'autre côté.

L'affrontement fut si violent que l'herbe

arrachée du sol tournoyait dans les airs autour des combattants comme une sombre tornade. Les cornes s'entrechoquaient à coups sourds, les sabots sonnaient comme un tam-tam en fièvre. Le crépitement du combat emplissait toute la clairière.

Enfin, le silence revint, le nuage d'herbe retomba au sol. Le grand taureau gisait à terre, il était mort. Le bœuf aux cornes magiques revint tranquillement vers Mungalo.

Mungalo sauta sur son dos et le troupeau s'écarta sans bruit. Mungalo et le grand bœuf blanc passèrent entre les étranges créatures et s'enfoncèrent dans la forêt.

Sept jours et sept nuits encore ils cheminèrent sans presque s'arrêter. Ils traversèrent des forêts drues, franchirent de profonds ravins. Ils escaladèrent des collines, passèrent des fleuves et des torrents.

Le huitième jour, ils sautèrent un ruisseau et se retrouvèrent soudain dans des champs, des champs florissants, bien soignés, riches de récoltes mûres. Mungalo trouva bizarre de n'y voir personne au travail. L'endroit était étrangement désert.

Et soudain il aperçut, droit devant eux, un à-pic vertigineux, telle une muraille dressée vers le ciel. Un étroit passage s'ouvrait là, taillé à même la falaise comme par la hache d'un géant. Tout au fond du défilé, on devinait un village.

Mais à l'entrée de la gorge un énorme taureau veillait, une bête plus inquiétante encore que le taureau de la clairière. Non loin de là paissait un troupeau couleur de terre.

Le cœur de Mungalo fit un bond : c'était l'endroit dont avait parlé le bœuf blanc, l'endroit dont il avait dit : « Là je tomberai, là tu me perdras. » Alors, la gorge nouée, il se laissa aller contre l'encolure de la bête et resta un moment immobile. Puis il se ressaisit, mit pied à terre, effleura les cornes magiques et caressa doucement le mufle de l'animal.

Le bœuf alors prit la parole :

Adieu Mungalo. N'oublie pas :
Frappe mes cornes et tu auras
Tout ce que tu souhaiteras.
Ce pouvoir se conservera
Après ma mort, rien que pour toi.

Dans le combat sans merci qui s'ensuivit, le bœuf aux cornes magiques périt. Quand le nuage de poussière soulevé par les combattants retomba, il était là qui gisait, mort. Le grand taureau et son troupeau avaient disparu.

Mungalo, aveuglé de larmes, coupa les cornes de son bœuf et les glissa à sa ceinture. Quand il y vit plus clair enfin, le bœuf blanc avait disparu à son tour, sans laisser plus de traces que le taureau et sa harde.

Alors Mungalo s'engagea dans la gorge et gagna le village, par-delà la falaise. Là, il trouva les villageois occupés à faire cuire des racines. Il eut tôt fait de découvrir que ces racines coriaces étaient tout ce qu'il restait à manger au village. La harde couleur de terre avait dévasté l'endroit des semaines plus tôt, éventré les greniers et piétiné le grain.

Lorsque les villageois virent Mungalo sortir de l'étroit défilé, ils s'empressèrent autour de lui.

— Mais comment as-tu fait pour franchir le passage ? Un énorme taureau en interdit l'entrée depuis des lunes et des lunes.

Mungalo ne tenait guère à raconter l'histoire du bœuf blanc. Il n'était pas question de livrer à quiconque le secret des cornes magiques. Il dit simplement :

— Il n'y a pas plus de troupeau que d'énorme taureau à l'entrée du défilé. Et vous avez bien tort de vous contenter de racines quand vos champs regorgent de récoltes splendides.

Les villageois poussèrent des cris de joie. Le passage était libre, libre ! Le tam-tam se mit à battre et tout le monde à danser. Le chanteur du village célébra les mérites de l'étranger porteur de bonnes nouvelles. À présent les villageois pouvaient regagner leurs champs le cœur en paix. Le chanteur du village invita Mungalo dans sa case pour la nuit. Comme ils avaient faim tous deux, Mungalo frappa discrètement la corne de son bœuf. Au troisième coup, tout un repas surgit devant eux sur la natte.

Son hôte fut très surpris de voir apparaître ainsi pareille abondance de victuailles. Il dévora de bon cœur, bien résolu à percer le mystère au plus tôt. Il en souriait malgré lui tout en versant à Mungalo force rasades de vin de palme. Mais la langue de Mungalo ne se délia pas pour autant et il garda son secret pour lui.

Leur festin terminé, Mungalo frappa deux fois la corne gauche, et les restes se volatilisèrent. Son hôte et lui s'étendirent pour dormir.

Mais le chanteur ne dormait que d'un œil. Sitôt Mungalo assoupi, il se glissa près de lui. Il avait deviné que la magie provenait de ces cornes que son visiteur portait à la ceinture. Ne restait donc qu'à s'en emparer. Tout doucement, il les délia, et les remplaça par deux autres. Il cacha les précieuses cornes dans un coin de sa case et se recoucha.

Le lendemain, tout le village se leva dès l'aube, pressé de gagner les champs. Mungalo remercia son hôte et s'en fut de son côté. Il fredonnait, le cœur léger : l'esprit de son ami le bœuf blanc était toujours avec lui, ici même, dans ces cornes magiques qui ne le quitteraient jamais, et c'était assez pour lui redonner joie de vivre.

Vers le milieu du jour, comme le soleil brillait ferme au-dessus de sa tête et que son ombre se faisait toute petite sous ses pieds, Mungalo décida de faire halte. Il avait faim, il avait soif, il était un peu las de marcher.

Son premier soin fut de frapper trois fois sur la corne droite, mais rien ne se produisit. Il recommença. Toujours rien. Alors il comprit que cette paire de cornes n'avait rien à voir avec ses cornes magiques.

Que faire, sinon retourner droit au village ? Une fois là-bas, il s'arrêta net. Le chanteur, à pleine voix, clamait des chants de louanges tout en tapotant les cornes. Mais sa voix avait beau vibrer, sa main caresser la courbe des cornes, la magie n'opérait pas.

Pour finir, le chanteur, fou de rage, rejeta les cornes dans un coin de la case. Et dans sa furie il heurta la porte, si fort que sa tête passa au travers.

Les villageois ne risquaient pas de comprendre pourquoi leur chanteur enrageait de la sorte ; ils ignoraient tout des cornes magiques. D'ailleurs, ils revenaient des champs, et ils étaient trop occupés à cuisiner ou faire bombance pour se soucier du reste.

Mungalo se glissa dans la case du chanteur, il reprit ses cornes magiques et laissa les autres à la place. Il savait à présent que leur pouvoir ne risquait pas de s'exercer entre les mains d'un voleur. Au moins, c'était une bonne nouvelle.

Par la suite, tout au long du chemin, il ne se fit plus guère de souci : l'esprit de son bœuf était là qui le protégeait du mal. Il ne compta pas combien de fois le soleil se leva et se coucha sur ses aventures. Chaque jour il repartait, le cœur en liesse ; chaque jour il ouvrait grands les yeux et les oreilles sur les merveilles du monde qu'il traversait. Il dormait à la belle étoile, confiant dans la protection des cornes de son bœuf.

Mungalo ne se dorlotait pas, ne se préoccupait guère de lui-même. Ce monde qu'il découvrait le passionnait bien trop. Il ne s'apercevait même pas que ses vêtements s'élimaient, qu'ils se couvraient de la poussière des chemins. Tout ce qui lui manquait, de temps à autre et de plus en plus souvent, c'était un peu de compagnie, quelqu'un à qui parler. Aussi, un soir, avisant une maison au fond d'un champ, il décida de s'y arrêter et s'en fut frapper à la porte.

Un homme vint ouvrir. Il regarda Mungalo de la tête aux pieds, des pieds à la tête, et referma la porte. Il ne l'invita pas à entrer.

Mungalo en fut tout surpris – jusqu'au lendemain, où il comprit.

Comme il passait devant un étang, il regarda son reflet à la surface de l'eau… et il hésita, l'espace d'un instant, à se reconnaître lui-même ! Il se mit à rire en songeant à la tête qu'avait faite l'autre, la veille. Rien d'étonnant s'il lui avait claqué la porte au nez.

Alors Mungalo se mit à l'eau, et se baigna, s'étrilla, s'aspergea, jusqu'à n'avoir plus sur lui un seul grain de poussière. Puis il se sécha au soleil, regarda ce qu'il restait de ses pauvres habits et songea : « Il m'en faudrait d'autres. » Il frappa la corne de bœuf et dit :

Dans ces vieux oripeaux
Je passe pour un vaurien
J'en voudrais de plus beaux,
Dignes d'un homme de bien.

À peine avait-il prononcé ces mots qu'aux branches des buissons alentour apparut tout un assortiment de pièces d'étoffe et de vêtements éblouissants. Mungalo choisit ceux qu'il préférait, dans des coloris éclatants. Il prit aussi quelques bijoux finement travaillés, des pendants d'oreilles en argent massif, un collier de perles et des anneaux d'or. Il replaça les cornes à sa ceinture, se drapa les épaules d'une étole somptueuse, et c'est en ces atours qu'il fit son entrée dans le village suivant.

Maintenant qu'il avait l'air d'un prince, on le regardait d'un autre œil. Il eut droit à un accueil chaleureux et fut reçu en grande pompe par le chef du village en personne, qui l'invita dans sa demeure. On l'y traita en hôte de marque, et c'est la fille du chef elle-même qui s'empressa pour le servir, avec grâce et dignité.

La beauté de la jeune fille capta son regard et son cœur. Il offrit au chef quelques-unes des riches pièces de toiles récoltées sur les buissons, et à sa fille des bijoux d'or pur qui jetaient du feu sur sa peau sombre.

Trois mois s'écoulèrent. Chaque jour un peu plus, Mungalo prenait part à la vie du village. Il aidait le chef dans ses tâches, et le soir tout le village se regroupait autour du feu pour écouter Mungalo raconter des histoires du pays de son père.

Son amour pour la fille du chef croissait de jour en jour, et elle-même s'était laissé conquérir par son cœur généreux, son ardeur à la tâche et son courage viril.

Au bout de quelques mois, on célébra leurs noces. Il y eut un festin gigantesque, fourni en partie par les cornes magiques, en partie par la nouvelle famille de Mungalo, qui ne voulait pas être en reste. Le battement du tam-tam et les chants et les danses se poursuivirent des jours durant, aussi longtemps qu'il resta une miette de ce banquet fantastique, et une goutte de vin de palme au fond de la dernière calebasse.

Un an plus tard, Mungalo reprit les chemins pour emmener sa femme au village de son père. Les épouses de son père donnèrent un grand repas en l'honneur du fils revenu. Elles comprenaient enfin que toutes leurs mesquineries n'avaient rimé à rien. Alors, enterrant leurs vieilles rancunes, elles résolurent de le traiter dignement. C'était à qui chanterait le plus fort les louanges de Mungalo et de sa jeune épouse.

Alors, avec sa femme, Mungalo s'établit sur les terres ancestrales que lui donna son père. Il pria les cornes magiques de le doter d'une demeure digne d'un fils de chef. Plus tard, comme sa famille grandissait, les cornes magiques lui permirent de loger superbement tout son monde.

Plus de cent fois peut-être Mungalo conta ses aventures, mais jamais il ne révéla le secret des cornes magiques. Le jour, il les portait sur lui ; la nuit, elles n'étaient jamais loin.

Ainsi l'esprit du grand bœuf blanc lui tint compagnie toute sa vie. On dit que même dans son âge mûr, même lorsqu'il devint le chef respecté de sa tribu, jamais il ne se défit de ses cornes magiques.

La poule et la grenouille

Conte haoussa

Un jour, Poule et Grenouille, se croisant par hasard, firent un bout de chemin ensemble.

Poule faisait trois petits pas, picorait un ver.

Grenouille faisait un grand bond, gobait une mouche.

Trois petits pas, pique un ver.

Un grand bond, gobe une mouche.

Poule battait des ailes, virait comme une girouette. Grenouille battait des pattes et dansait les claquettes.

— Oh là là, il fait chaud, ma foi, gloussa soudain Poule.

—Beau temps pour la saison, n'est-ce pas ? coassa Grenouille.

— Oh, clic, clac, cloc, ça ne durera pas. Vois ce gros nuage là-bas. Nous aurions de l'orage que ça ne m'étonnerait pas.

Trois petits pas, pique un ver.

— Bah, il est encore loin, dit Grenouille.

— Tant mieux, ça nous laisse le temps. Le temps de nous construire une case pour nous mettre à l'abri. Grenouille, aide-moi. Construisons une case !

— Une case ? Pas la peine. Ce trou dans la terre me suffira bien. Je vais me glisser dedans et voilà. Débrouille-toi comme tu voudras.

— À ton aise, je me passerai de toi.

Et Poule s'est mise au travail. Grenouille

s'est glissée dans son trou et, tandis que Poule s'affairait, Grenouille chantait à tue-tête :

Koua, kouo, koui
Pas besoin d'abri !
Koua, kouo, koui
Mon trou me suffit !

Pour ce qui est de bâtir, Poule s'y entendait. Et flip et flap et pique et poque, en quatre coups de bec elle vous entrelaçait des brindilles, des brins de paille, des tiges sèches, et déjà sa case prenait forme. Deux fenêtres, une porte, un toit de chaume – percé d'un trou de fumée au milieu – et voilà ! la case était prête.

— Clic, clac, cloc. Cloc, clac, clic. Claa, clii.

Poule était fière d'elle.

Le nuage montait, de plus en plus noir.

— Grenouille, dit la poule. Vite, il est encore temps. Aide-moi à préparer un bon lit !

Mais Grenouille chantait, goguenarde :

Koua, kouo, koui
Pourquoi faire un lit ?
Koua, kouo, koui
Mon trou me suffit !

— À ton aise, je me passerai de toi.

Et Poule fit son lit toute seule. Un peu de

paille, un peu d'herbe. Elle s'assit dessus pour l'essayer. Il était parfait.

— Oh ! clic, clac, cloc. Cloc, clac, clic. Claa, clii.

Le nuage avait noirci encore.

— Grenouille, dit la poule. Vite, il est encore temps. Aide-moi à faire provision de mil !

Mais Grenouille se contenta de chanter :

Koua, kouo, koui
Pourquoi faire du mil ?
Koua, kouo, koui
Une mouche me suffit !

— À ton aise, je me passerai de toi.

Alors la poule, vite vite, réunit tout le mil qu'elle put trouver. Elle l'entassa près de la cheminée et trouva même le temps, ensuite, de rouler deux ou trois potirons sur son toit. Après quoi, toujours à toutes pattes, elle courut dans sa case et tira le verrou. Il était temps ; l'orage éclatait.

Blam-bam, palam ! Blam-bam, palam !

Le tonnerre grondait, le sol tremblait, les arbres agitaient leurs branches. Grenouille se faisait secouer dans son trou. Mais ça ne l'empêchait pas de chanter.

Koua, kouo, koui ! Koui, kouo, koua !

Et puis l'averse se déchaîna – des bœufs les cornes en bas. Poule mit le bec à sa fenêtre pour mieux voir. Grenouille, dressée dans son trou, chantonnait une devinette :

Les enfants dansent comme des fous,
La maman ne bouge pas du tout ;
Qui donc est cette famille ?
Si vraiment tu ne trouves pas,
Tant pis, donne ta langue au chat.
La maman est un tronc d'arbre
Et les enfants ses ramilles.

Poule haussait les épaules. C'était bien le moment de chanter !

Mais Grenouille chantait de bon cœur, en battant la mesure du pied. Tout à coup, splich-splach ! Quoi ? Qu'est-ce que c'est que ça ? De l'eau dans le trou ? Partout ?

L'eau montait dans le trou de Grenouille.

— Hé, mais ! En voilà une histoire !

L'eau montait, montait, et bientôt Grenouille, flotte-flottille, se trouva emportée hors du trou. Au fil de l'eau, toujours flottant, elle passa devant la case de la poule, et lui lança en guise de salut :

— Koui, kouo, koua ! Beau temps, n'est-ce pas ?

— Tu peux toujours chanter ! dit la poule. Bientôt tu changeras de refrain.

Presque aussitôt la pluie redoubla, et ses gouttes criblèrent Grenouille d'une grêle de coups d'aiguille. Grenouille n'apprécia pas du tout :

Koui, kouo, koua,
Là, c'est trop pour moi !
Koua, kouo, koui,
Où trouver abri ?

Où trouver abri ? C'était simple. Hop, hop, hop, en trois bonds, Grenouille était à la porte de la case.

— Poule, Poule, ouvre-moi ! La pluie va trouer ma peau fine !

— Clic, clac, cloc, pas question ! M'as-tu aidée à faire ma maison ? Tout le temps que j'ai travaillé, tu as ricané en douce. Et maintenant tu voudrais entrer ?

— Oui, et si tu ne m'ouvres pas, alors moi j'appelle le chat, le grand méchant chat, qui dévore tout ce qui a des plumes.

— Retourne à ton trou ! dit la poule.

— Chat, chat ! cria la grenouille. Viens ici croquer la poule !

— Mais tais-toi donc, idiote, dit la poule, en lui entrouvrant la porte. Allez, entre, et ferme ton bec.

Grenouille entra d'un bond et s'accroupit près de la porte. La pluie cinglait comme un fouet, mais les murs de la case étaient tissés serré, pas une goutte ne s'y faufilait. Grenouille s'adossa à la porte, étira ses orteils engourdis et se massa la peau. Poule retourna s'asseoir près du feu.

— Poule, demanda soudain Grenouille, je peux venir près du feu aussi ?

— Clic, clac, cloc, pas question ! M'as-tu aidée à ramasser le bois ? Tout le temps que j'ai travaillé, tu as ricané en douce. Tout le temps que j'ai ramassé ce bois, toi tu t'es tourné les pouces. Et maintenant tu voudrais profiter de mon feu ?

— Oui, et si tu ne me laisses pas approcher, alors, moi j'appelle le chat, le grand méchant chat, qui dévore tout ce qui a des plumes.

— Non, Grenouille, ce serait du chantage,

et tu le sais aussi bien que moi. Jamais tu ne ferais chose pareille.

Mais Grenouille ouvrait grand la porte.

—Ah, tu crois ça ? Chat ! Chat ! Viens ici croquer la poule !

La poule courut à la porte, la claqua, tira le verrou.

— Bon, ça va, fripouille ! cria-t-elle. Va t'asseoir près du feu, et puisses-tu y rôtir !

Grenouille ne fit qu'un bond près du feu.

— Hmmm, que ça fait du bien de se réchauffer les pieds !

Et les orteils en éventail elle se massait la peau avec soin. Pendant ce temps, la poule faisait griller son mil et commençait à le manger.

— Poule, demanda la grenouille, je peux avoir du mil aussi ?

— Clic, clac, cloc, pas question ! M'as-tu aidée à le récolter ? Tout le temps que j'ai travaillé, tu as ricané en douce. Tout le temps que j'ai ramassé le bois, toi tu t'es tourné les pouces. Tout le temps que j'ai glané le mil, tu n'as fait que gober les mouches. Et maintenant tu voudrais manger ?

— Oui, et si tu ne me donnes pas de ce mil,

alors moi j'appelle le chat, le grand méchant chat, qui dévore tout ce qui a des plumes.

— Si tu crois que j'ai peur de tes simagrées ! dit la poule.

Mais Grenouille ouvrait la fenêtre et criait à plein gosier :

— Chat ! Chat ! Viens ici croquer la poule !

La poule referma la fenêtre d'un coup sec et tira le verrou.

— Bon, ça va, fripouille ! Sers-toi ! Manges-en donc, de ce mil ! Et puisses-tu t'en étouffer !

Grenouille ne se fit pas prier, et bientôt tout le mil fut mangé. Grenouille se frotta la panse, s'étira, s'allongea sur un coude, bâilla. Bien au chaud, l'estomac plein, il ne restait plus qu'à dormir.

— Poule, demanda la grenouille, je peux me coucher sur ton lit ?

— Clic, clac, cloc, pas question ! M'as-tu aidée à faire ce lit ? Tout le temps que j'ai travaillé, tu as ricané en douce. Tout le temps que j'ai ramassé le bois, toi tu t'es tourné les pouces. Tout le temps que j'ai glané le mil, tu n'as fait que gober les mouches. Tout le temps que j'ai préparé ce lit, tu t'es vautrée dans la mousse. Et maintenant tu voudrais me prendre mon lit douillet ?

— Oui, et si tu ne me laisses pas m'y coucher, j'appelle le chat, le grand méchant chat, qui dévore tout ce qui a des plumes.

— Tais-toi donc un peu, tu radotes.

Mais Grenouille se mit à faire des bonds sur place, en hurlant à s'égosiller :

— Chat ! Chat ! Viens ici croquer la poule !

— Oh, la paix, tu me rendras sourde ! Et puis tiens, vas-y, espèce de bonne à rien ! Va te prélasser sur mon lit.

Grenouille s'affala sur le lit de la poule et dormit d'un sommeil de bûche. Elle ronflait comme un sapeur lorsque enfin l'averse cessa.

Aussitôt, Poule sortit vérifier si ses potirons étaient toujours bien sur le toit. Elle gardait l'œil aux aguets ; le chat n'était peut-être pas loin.

Mais les potirons étaient là, et le chat n'y était pas.

— Parfait, dit la poule.

Et elle rentra en claquant la porte. Le fracas réveilla Grenouille en sursaut. Courageuse comme elle l'était, elle plongea sous le lit.

— Maline, gloussa la poule. L'orage est terminé, va.

La grenouille s'extirpa des herbes sèches et dit :

— J'ai faim.

— Eh bien, monte sur le toit, tu y trouveras des potirons. Choisis les plus beaux et rapporte-les-moi, je les ferai cuire.

— Mmmm, dit Grenouille. Du potiron. J'ai toujours adoré ça.

Mais elle restait assise sur le lit.

Poule jeta un coup d'œil à la fenêtre. Là-bas, haut dans le ciel, elle vit une ombre noire. Aha, elle s'en était doutée ! Elle l'avait presque sentie venir…

— Allons, Grenouille, secoue-toi un peu. Saute sur le toit et va me chercher un ou deux potirons. Tu n'en as pas pour une minute, et tu pourras te reposer tout ton soûl pendant que je cuisinerai.

Grenouille soupira, sortit, sauta sur le toit. Elle choisit le plus gros potiron et l'envoya rouler au sol. Poule était à la fenêtre, qui regardait l'ombre noire. L'ombre grossissait, grossissait.

Le faucon !

Le faucon ne quittait plus des yeux Grenouille au milieu de ses potirons. Grenouille était trop occupée à choisir les plus beaux, les plus ronds, pour voir l'ombre de l'oiseau passer sur le toit de chaume.

Et tout à coup, comme une pierre, Faucon se laissa tomber. Il allongea les serres et flomp ! cueillit Grenouille au passage. Déjà il repartait vers le ciel.

— Au secours ! coassait Grenouille. Au secours ! Poule, Poule, fais quelque chose ! On m'emporte, fais quelque chose !

— Clic, clac, cloc ! dit la poule. Appelle donc le chat ! Tu sais bien, le grand méchant chat, qui dévore tout ce qui a des plumes ! Cloc, clac, clic. Claa, clii.

Bien à l'abri derrière la fenêtre, elle regardait le faucon s'éloigner à tire-d'aile. Il redevenait petit, petit, comme un point.

À la bonne heure, au moins, se disait-elle. Me voilà débarrassée de cette chasse-la-paix ! J'en avais plus qu'assez de sa vilaine habitude d'appeler ce chat pour un oui ou pour un non.

Le faucon n'était plus qu'un grain de poussière dans le bleu du ciel. Si Grenouille avait appelé le chat, il n'était pas venu, en tout cas.

Alors, la poule, reprenant ses aises, se cuisina le plus gros potiron et s'y attaqua aussitôt. Elle se sentait d'humeur si joyeuse qu'elle en avala dix-huit assiettées. Après quoi, le jabot content, elle s'installa sur son lit en gloussant, l'œil mi-clos :

Clic, clac, cloc. Cloc, clac, clic,
Qui me plaît, je l'invite ;
Qui me déplaît,
Du balai !
J'ai mangé le potiron
Ça vaut mieux que l'inverse, non ?

Pourquoi le buffle et l'éléphant ne seront jamais bons amis

Conte du Nigeria

Gare aux oreilles et battez tambours ! Place pour une histoire à tout ébranler, tout assourdir, tout faire trembler : l'histoire d'une vieille querelle qui n'en finira pas, la brouille entre l'éléphant et le buffle ; et comment le brave petit singe – tout dans la queue, rien dans la tête – n'a pas pu arranger les choses.

Depuis toujours, Buffle et Éléphant se regardent de travers. Chacun a ses raisons, que chacun estime bonnes. En tout cas leur bisbille remonte à des lunes et des lunes, et jamais au grand jamais ils n'ont pu la régler une bonne fois.

Éléphant est costaud, mais Buffle n'a rien de chétif. D'ailleurs dans la savane, on ne fait pas de détail ; ces deux-là, pour tout le monde, ils portent le même nom : ce sont les deux gros, simplement.

Déjà, ils ne peuvent pas faire trois pas sans qu'aussitôt la terre tremble – pom, pom, podom. Mais quand ils donnent de la voix, c'est pire. Toute la savane retentit. Or ils ne s'en privent pas de donner de la voix, les gros !

Toujours à barrir ou mugir, clabauder, lancer des fanfaronnades. C'est bien de là que viennent tous leurs ennuis.

Éléphant ne se prend pas pour rien ; c'est lui le plus grand, c'est lui le plus fort, voilà ce qu'il clame à tout-venant. Il ne manque jamais d'ajouter que ce moucheron de Buffle, le pauvre, ne lui arrive pas à la cheville.

Et quand Buffle entend rapporter qu'Éléphant le traite de moucheron, les oreilles lui chauffent, bien sûr.

Mais Buffle sait se battre et n'a peur de personne. Alors, sans se démonter, il charge ses messagers de deux ou trois compliments à retourner à l'éléphant.

Sur leur chemin, quand ils se baladent, ni l'un ni l'autre ne craignent guère les encombrements : comme on les entend venir de loin, toute la savane, poliment, s'écarte pour leur laisser le passage. Mais que leurs routes se croisent et c'est la bagarre assurée. Ni Éléphant ni Buffle ne bougera d'un pouce pour céder la voie libre à l'autre. L'ennui, c'est que leurs routes se croisent souvent.

Un jour, il n'y a pas si longtemps, les voilà qui débouchent en même temps sur la route du village.

— Allez ouste, dit l'éléphant. Range cette croupe et laisse-moi passer, ou je te mets les cornes en spirale !

— Eh, ôte-toi de mon chemin, pif de chenille! dit le buffle. Ou je te fais des nœuds à la trompe !

Après pareilles amabilités, la collision est inévitable. Éléphant ouvre le ban. Et vlan sur l'arrière-train du confrère ! Buffle répond d'une ruade. Le tango commence.

De coup de corne en coup de sabot, de coup de trompe en coup de reins, les voilà tous deux dans un champ de sorgho, qui roulent, qui roulent et qui écrasent tout. Il n'en restera plus rien, de ce sorgho, du train où ils y vont ! Les villageois lèvent les bras au ciel.

— Mais arrêtez, quoi ! Arrêtez ! Nos récoltes ! Vous les massacrez ! Singe, va les trouver, et dis-leur d'arrêter.

Le singe court se percher dans un arbre, juste au-dessus de la mêlée, et s'y suspend par la queue.

— Dites, vous deux ! C'est bientôt fini ? Vous avez vu ce que vous faites ? C'est du joli !

Mais le singe a beau s'égosiller, il n'a pas une bien grosse voix. Buffle et Éléphant ne l'entendent pas. D'ailleurs ils ont mieux à faire. Ils se battent.

Arrive enfin le chef du village, qui leur crie d'arrêter. Et les deux compères se relèvent, l'oreille basse. Quand le chef donne un ordre, tout le monde obéit.

— Eh bien ? Pourquoi ce tapage ? demande le chef, l'air sévère.

Le singe bondit à ses pieds.

— C'est une bagarre. Personne n'a gagné. Pas Buffle en tout cas. Ni Éléphant. Mais pourquoi se battent-ils tout le temps comme ça ? Ils ont la tête aussi dure l'un que l'autre. Ni l'un ni l'autre n'a jamais le dessus.

— Tiens, pardi ! rugit l'éléphant. C'est *moi* qui aurais eu le dessus, si Buffle ne m'avait pas envoyé des coups de corne ! Oui, parfaitement, j'aurais eu le dessus !

— Tiens, pardi ! mugit le buffle. C'est *moi* qui aurais eu le dessus, si Éléphant ne m'avait pas ligoté les pattes dans sa trompe. Oui, parfaitement, j'aurais eu le dessus !

— Avec des si, coupe le chef, on vous transformerait tous deux en tam-tams, et ce serait bien mieux pour tout le monde.

Tout le monde rit, sauf Buffle et Éléphant. Éléphant a une idée.

— Et si vous nous aidiez à trancher ? À décider qui est le plus fort ? Il nous faut quelqu'un pour arbitrer, ou nous n'y arriverons jamais.

Le chef jette un coup d'œil au sorgho dévasté. Il faut faire quelque chose, c'est sûr. Il consulte un moment les anciens du village. Ils palabrent en secret, puis le grand chef déclare :

— Le prochain jour de marché, sur la place, Éléphant et Buffle s'affronteront en combat singulier. Le vainqueur du combat sera déclaré le plus fort, et la question sera réglée une fois pour toutes. Habitants de ce village et des environs, vous êtes tous conviés à servir de témoins. Qu'on se le dise !

Les deux gros donnent leur accord, on arrête les détails du combat. Et les villageois retournent à leurs occupations, au son des tambours et des calebasses. Bong bong bong, dong dong dong, pittipong pittipong !

Le jour du marché suivant, Buffle se lève aux aurores. Il tient à arriver le premier, en signe de bravoure. Il s'étire, s'ébroue, et prend la direction du village. Chemin faisant, il demande aux passants : « Vous n'auriez pas vu Éléphant ? » Mais personne n'a vu son compère. À mi-chemin du village, Buffle décide de l'attendre.

Il s'installe en travers de la route – qu'il barre complètement à lui seul – et a tôt fait de perdre patience. Il laboure le sol à coups de sabot, prend les passants à témoin :

— Mais enfin, qu'est-ce qu'il fabrique ? Dites, vous n'auriez pas vu le gros ? Le gros gros ?

Le singe vient à passer. Le buffle l'interroge.

— Moi ? dit le singe. Comment veux-tu que je le sache, ce que fabrique le gros gros ? Dis, je ne suis qu'un petit singe ! Le gros gros ne me tient pas au courant de ses allées et venues. Toi, cependant, tu devrais aller sur la place du marché, parce que c'est là que le grand chef a dit qu'il faut vous battre.

Buffle laisse passer le singe, mais ne suit pas son conseil. Là où il est, il restera. Il arrête la biche, le zèbre, le sanglier ; personne n'a vu l'éléphant. C'est alors que, du fond de la brousse, monte un barrissement puissant.

Et peu après, sur le chemin, débouche Éléphant, en grande forme. Il est passé à travers bois, histoire de se préparer au combat. Piétiner les buissons, déraciner quelques arbres, rien de tel pour vous échauffer. Mais là, sur la route du village, ce qu'il voit l'échauffe davantage. Buffle en travers du chemin, qui lui barre le passage !

— Allez, secoue ton lard, et file sur la grand-place ! dit Éléphant entre ses dents. C'est là-bas qu'on nous attend.

Mais Buffle n'apprécie pas qu'on lui parle sur ce ton. Il ne bouge pas d'un poil, et jette à l'autre un regard mauvais.

— Enfin, tu vas te remuer un peu, mufle plat ? dit l'éléphant.

— Essaie donc de me remuer toi-même, pif d'anguille ! dit le buffle.

Alors le singe, qui a tout vu, leur crie de sa voix aiguë.

— Oh, non, non, non, non ! Pas de bagarre ici ! Le chef a dit : sur la place du marché !

Peine perdue. Le baroud commence, et cette fois ce n'est pas un champ de sorgho qui tourne au champ de bataille, mais deux, mais dix, et autant de champs de mil, plus deux ou trois cases pour faire bonne mesure. Les villageois, terrorisés, s'écartent à distance respectable, et regardent avec horreur leurs récoltes mûres redevenir labours. Les anciens du village, alertés, refusent d'en croire leurs yeux. Désobéir au chef ? C'est impensable, inimaginable. Ils appellent le singe à grands gestes.

— Singe, toi qui cours vite, va prévenir le chef ! File ! Va le prévenir de ce qui se passe.

Singe s'élance. Il a tout vu depuis le début, il pourra donc tout raconter. Il court, bondit d'arbre en arbre, se balance de branche en branche en poussant des cris perçants. Il s'arrête un instant pour reprendre son souffle et tout à coup se gratte la tête. Mais ?! Où court-il comme ça, au fait ? Pourquoi est-il si pressé ? Il n'en a plus la moindre idée. Comme il arrive souvent aux singes, à se balancer la tête en bas, il a soudain perdu la mémoire et ne se souvient plus de rien.

— Voyons, voyons… C'était urgent… Mais de quoi s'agissait-il ? De quoi, de qui, pour quoi, pour qui ?

Comme toujours en pareil cas, le mieux est encore de danser.

— Choubidou-bi, choubidou-ba ! chante Singe en se prenant la queue.

Et comme toujours en pareil cas, la

mémoire lui revient d'un coup. Ah, voilà ! Buffle et Éléphant, prévenir le grand chef…

— Youpii ! Scoubidou-bi, scoubidou-ba !

Singe est tellement content d'avoir retrouvé le fil de ses idées qu'il part comme une flèche pour être sûr de ne plus oublier. Hélas, le temps d'arriver, et le contenu de sa tête s'est une fois de plus envolé. Tout ce qu'il y retrouve, c'est : Scoubidou-bi, scoubidou-ba ! Et ce n'est sûrement pas ce qu'il est venu dire au chef.

Bah, il est arrivé, après tout c'est toujours ça. Le tout est de prendre l'air occupé, en attendant que les souvenirs reviennent.

Singe commence par s'asseoir, inspecte sa fourrure. Il en a pour une bonne minute, et soudain hop ! Il saute sur le toit, attrape un insecte, le gobe, redescend. Avoir l'air occupé, avoir l'air occupé. Il se trouve une pierre et la fait rouler, en avant, en arrière, en avant. Mais il se lasse vite à ce jeu et se saisit d'un bâton, pour taper sur la pierre en cadence. Et ouic et ouac et ouic et ouac, mais le bâton se casse. Alors il en ramasse les morceaux, les lance dans un fourré, lance la pierre avec…

Et maintenant, que faire ? Il se prend la tête à deux mains… Tiens, une mante religieuse qui passe en voletant, elle entre dans la case du chef, fait tout le tour de la pièce, se pose sur le sol, les mains jointes en prière. Singe s'approche, allonge le bras, il va l'attraper… La grosse voix du chef le fait sursauter.

— Ah, c'est toi, Singe ?

— Euh, ou-oui, c'est moi, sire. Je crois.

— Et que viens-tu faire ici ?

— Vous… vous voir, sire.

Singe incline la tête de côté, tâche de prendre un air avisé. Il se creuse la cervelle pour trouver qu'ajouter. Mais sa pauvre tête est vide, plus vide qu'une calebasse. Alors il essaie de parler du temps, de pierres, de bâtons, de mantes religieuses…

Le chef s'éclaircit la voix.

— Bien. Si c'est tout ce que tu as à me dire, prends-toi plutôt une banane, va. Il y en a un régime suspendu sous la tonnelle.

Singe ne se le fait pas dire deux fois. Il va se choisir une grosse banane et revient dans la case du chef. Il épluche sa banane, en croque un petit bout, la regarde. Comment faire durer de longues minutes la dégustation d'une banane ?

— Singe, dit soudain le chef. Éléphant et Buffle ne devraient-ils pas être ici, depuis le temps ? Je les ai attendus toute la matinée sur la place du marché. Ils avaient promis d'être là pour leur grand combat, aujourd'hui.

Singe saute sur ses pieds et fait la roue de joie. Oui ! Voilà ! Voilà ce qu'il était venu faire ! Annoncer au chef que les deux gros se battaient comme des fous, là-bas. En deux bouchées, il finit sa banane, et il raconte toute l'affaire au chef.

— Ah, c'était donc ça ! Merci, Singe, merci pour le renseignement. Tu peux te prendre une autre banane, pour la peine. Quant à Buffle et Éléphant, attends voir, je vais les gâter, eux aussi !

Le chef réclame son arc et ses flèches, et se fait conduire par le singe sur les lieux de la corrida. Arrivé sur le terrain, il ne voit que ruine et désastre. Plusieurs cases ont disparu. Le chef n'élève pas la voix, ne pose pas de questions, ne dit rien. Il prend une flèche, vise et tire. Et recommence une deuxième fois.

Ouaille ! Éléphant se tord. Là, dans sa croupe, quelque chose l'a mordu méchamment.

Ouaille ! Buffle se cambre. Là, dans sa croupe, quelque chose de cuisant s'est planté.

Mais le chef n'en a pas fini. Déjà il décoche une seconde volée de flèches, s'apprête à en tirer une troisième.

Buffle et Éléphant ont compris. Ils plantent là leur combat, filent sans demander leur reste. Ils ont plongé dans la brousse, on ne les voit déjà plus du tout. Longtemps encore on les entend – plom plom, plom plom. Puis plus rien.

Le grand chef ne veut plus qu'on lui parle du buffle ni de l'éléphant, et encore moins d'arbitrer leur querelle. Mais Buffle et Éléphant se le tiennent pour dit. Désormais, s'ils se battent, c'est dans la brousse ou la savane, jamais sur la voie publique – plus jamais.

N'empêche que, dans l'affaire, ils ont perdu leur chance de trancher une bonne fois la question de savoir qui des deux est le plus fort. Chacun prétend que c'est lui, bien sûr. Quand ils se retrouvent nez à nez sur une route, ils discutent à n'en plus finir. Quand ils se retrouvent nez à nez en brousse, ils se battent.

Et tous les singes de la savane n'y pourront rien. La paix n'est pas pour demain.

L'homme qui comptait les cuillerées

Conte haoussa

Il était une fois un brave homme, qui s'appelait Tagwayi. Plus têtu que le roc, mais doux comme la brise, c'était vraiment un bon garçon, et bien fait de sa personne, qui plus est. Pour se trouver une épouse, il n'avait que l'embarras du choix. Mais pour se la garder, c'était une autre affaire.

Tagwayi ne restait jamais marié longtemps à cause d'une étrange habitude : il comptait tout.

Il comptait tout, mais vraiment tout ! Ses pas quand il allait au village, ses pas quand il en revenait ; les cases tout au long du chemin, les arbres, les gens, les poules et les pintades, les sillons qu'il traçait dans les champs. Il comptait tout avec ardeur, pour le seul plaisir de compter. Il aimait la chanson des chiffres, il aimait les additionner. Oh, ce n'était pas de l'avarice, ni de la cupidité. C'était vraiment compter pour compter.

Au village, on admirait son aisance à jongler avec les nombres. Les anciens faisaient appel à lui pour résoudre des problèmes ardus. Mais il était pourtant une chose qu'il n'aurait jamais dû compter : les cuillerées de son repas quand sa femme le servait.

Compter le nombre de cuillerées qu'on vous sert, c'est pire que de les renverser. Pire que d'arracher la cuiller de la bouche de son prochain. On voit mal, à moins d'être sourd, qui pourrait vivre sans devenir fou avec quelqu'un qui, à chaque repas, compte combien de cuillerées on lui sert.

Et en effet, au bout de huit jours, la première femme de Tagwayi l'avait quitté. Sa deuxième femme, au bout de sept ; et sa troisième, au bout de six seulement. Après quoi, chaque fois qu'il se mariait, Tagwayi se retenait, au moins dans les premiers temps, de compter les cuillerées. Puis l'habitude reprenait le dessus, il se laissait aller à compter.

— Là, c'en est trop ! disait sa femme. Tant pis pour toi !

Et elle le quittait.

Tagwayi se retrouvait seul.

Les gens du village avaient inventé une petite chanson à ce propos :

Si tu comptes les cuillerées,
Ne compte pas voir ta femme rester ;
Si tu comptes les cuillerées,
Plus personne pour cuisiner !

Nul n'aurait su dire combien de femmes Tagwayi avait fait fuir, avec cette lamentable habitude. « Plus qu'en ferait fuir un bâton ! » disaient les gens du village. C'était même l'une des rares choses dont il n'avait jamais tenu le compte : le nombre de ses épouses envolées. Il n'en était pas si fier. Et puis, il en avait eu tant ! Mais maintenant, il n'en avait plus.

À croupetons à l'entrée de sa case, il soupirait devant sa marmite – où son repas avait brûlé une fois de plus. Il se berçait sur ses talons et se lamentait sur son sort.

— Seul, tout seul dans la vie, est-ce une vie ? J'ai besoin d'une femme, moi aussi !

Il prenait sa marmite à témoin, lui confiait ses misères. Mais jamais confidences n'ont changé une marmite en femme. Comme le dit le proverbe : « Parler ne résout rien ; il faut se mettre en route. »

Tagwayi se redresse. Il compte ses pas jusqu'à la porte de sa case : un, deux, trois, quatre. Il compte ses pas tout en faisant son baluchon : cinq, six, sept, huit. Il compte ses pas jusqu'au chemin : neuf, dix, onze, douze, treize. Et le voilà parti pour le village voisin : quatorze, quinze, seize…

Tagwayi marche, marche en comptant ses pas. De temps à autre il jette un coup de pied à quelque touffe de chiendent. Au-dessus de sa tête, un calao* lance son cri : « Chiline chiline ! Chiline Chiline ! » Tagwayi compte les appels du calao. Ah, un compte rond, voilà qui est parfait ! Tagwayi est sûr de se trouver une femme.

Et Tagwayi s'est bel et bien trouvé une femme, même s'il a dû, pour la dénicher, voyager plus loin que jamais.

— C'est le plus beau jour de ma vie, chante Tagwayi. Je me suis trouvé une femme.

« Chiline chiline ! Chiline chiline ! » approuve le calao.

Tagwayi est pressé de rentrer. Il prend sa nouvelle femme par la main.

— En route !

— Et si nous attendions demain matin ? dit sa femme. Il va faire nuit, nous risquons de nous perdre.

— Oh, non, dit Tagwayi. Je connais le chemin, et la lune guidera nos pas. D'ailleurs, tu connais le proverbe : « La main qui tient la cuiller pleine trouve toujours le chemin de la bouche. »

* Calao : oiseau des forêts chaudes (Océanie-Afrique-Inde) au bec énorme surmonté d'une excroissance cornée.

Ce n'est pas une cuiller pleine que tient Tagwayi, mais la main de sa nouvelle femme. Il est si content de l'avoir trouvée qu'il ne risque pas de se perdre non plus. Et il avait raison : la lune est là, qui éclaire le chemin.

Tagwayi est un autre homme. Il est si heureux, chaque matin, en route pour ses champs, qu'il fredonne en marchant :

Deux fois dix
Plus cinq fois cinq,
Quarante-cinq.
J'ajoute un, je retire trois,
Quarante-trois.
Je retire treize, je retire dix,
Et je retrouve deux fois dix !

Les gens du village l'entendent et se disent : « Tiens, il a le cœur content ! » Car Tagwayi a beau compter sans relâche, il faut qu'il soit d'excellente humeur pour mettre les nombres en musique. Mais d'excellente humeur, il l'est. Et il a de quoi l'être : il a de nouveau une femme, une femme qui cuisine bien. Il se sent le cœur si léger qu'il avance à pas chassés.

De retour des champs, chaque soir, il regarde sa femme s'activer, broyer le grain, le cribler, le broyer de nouveau, le cribler. Il compte combien de fois elle répète chacun de ses gestes, jusqu'à ce que la farine soit assez fine pour le *tou-wôh**. Et quand sa femme verse enfin sur le tou-wôh la sauce parfumée, il ne se retient pas de chanter :

La vie est belle, le monde est beau,
Quand on est deux devant un bon tou-wôh.

« Chiline chiline », approuve le calao.

Un soir que sa femme, cuiller en main, s'apprête à le servir de tou-wôh, Tagwayi laisse échapper :

— Voyons voir, aujourd'hui, combien de cuill…

Il se mord la langue.

— Combien de quoi ? demande sa femme.

Il rit.

— Rien. Rien du tout. J'ai déjà enfourché plusieurs fois ce vilain cheval de Si-j'avais-su, on ne m'y reprendra plus.

Sa femme le sert. Il l'a échappé belle. Il tâchera, dorénavant, d'aller faire un petit tour

* Plat africain aux nombreuses variantes ; ici, signifie simplement : le « fricot ».

dehors le temps qu'elle remplisse sa calebasse. Il comptera les arbres, il comptera les papillons, les cris du calao. Et quand il rentrera souper, il ne sera plus tenté de compter. Plus du tout.

Deux semaines passent, puis trois. Un soir, Tagwayi a si faim qu'il a bientôt terminé son petit tour d'avant-souper. Il a compté les arbres, les cailloux, mais vite. Si vite qu'il rentre bien trop tôt.

Le calao se pose non loin de lui et le prévient : « Wo, woh ! Wo, woh ! »

— Quoi, wo, woh ? dit Tagwayi. C'est chiline, chiline, qu'il faut chanter, tu sais bien !

Et sur ce, il rentre chez lui. Sa femme est justement en train de servir le tou-wôh. Tagwayi s'accroupit près d'elle.

— Une cuillerée, deux cuillerées, trois cuillerées, quatre cui…

Sa femme pousse un soupir agacé. Elle murmure : « Attention… » Mais il est trop occupé à compter.

— Neuf cuillerées, dix cuillerées… Tiens, la cuiller ne revient plus.

— Et moi non plus, lui lance sa femme, je ne reviendrai plus ! Plus jamais !

Un coup de cuiller de bois sur la tête du mari, et c'est fini, elle est partie.

Tagwayi reprend ses esprits. Trop tard, il est seul une fois de plus. « Wo, woh », dit le calao tout triste.

Pauvre Tagwayi ! Il ne lui reste plus qu'à compter les jours… et le nombre de fois, dans une seule journée, que vient tinter à ses oreilles la petite chanson :

Si tu comptes les cuillerées,
Ne compte pas voir ta femme rester ;
Si tu comptes les cuillerées,
Plus personne pour cuisiner !

Et son talent de cuisinier ne s'améliore pas. Deux ou trois soirs d'affilée, déjà, il a laissé attacher le tou-wôh. Bien sûr, il peut à loisir compter les cuillerées qui lui restent, mais c'est une maigre consolation.

Un beau matin, enfin, le calao chante : « Chiline, chiline ! » Et c'est ce jour-là justement que Tagwayi entend parler d'une jeune fille, une vraie beauté, dans un village non loin de là. Aussitôt, il se met en route pour la demander en mariage.

— Hum, j'ai entendu parler de toi, lui dit la demoiselle.

— Ah bon, dit Tagwayi. (Ce qu'elle a entendu dire, il ne le devine que trop.) Autrement dit, tu ne veux pas de moi ?

« Chiline, chiline ! » chante le calao.

— Euh, répond la demoiselle. Je n'ai jamais dit ça.

— Autrement dit, tu veux bien ! s'écrie Tagwayi, fou de joie. Oh, la vie est de nouveau belle !

— Un instant, Tagwayi. Écoute-moi bien, si tu ne tiens pas à enfourcher une fois de plus ce grand cheval de Si-j'avais-su ! Si je t'épouse, je te préviens : il est une chose que je ne supporterai pas.

— Ah bon, et… euh… et laquelle ?

— Ton seul défaut, je le connais : il est de compter les cuillerées. Alors, j'aime autant te prévenir. Tu peux compter tout ce que tu voudras, les moutons, les grains de mil, les coquillages, mais ne compte jamais, quoi qu'il arrive, les cuillerées que je te servirai !

— Bien, dit Tagwayi. Je promets. Puisque

c'est ta seule exigence, je promets de me tenir à l'écart des marmites quand tu serviras le souper. C'est plus sûr.

Alors ils se marient, et Tagwayi emmène sa jeune femme vivre avec lui sur son petit domaine.

Les mois passent. Tous les matins, Tagwayi part au travail en chantant, et le soir, quand il rentre, le calao lui lance gaiement : « Chiline chiline ! » Et plus personne ne songe à chanter la rengaine usée : « Si tu comptes les cuillerées. » Il semble bien qu'enfin Tagwayi soit marié une fois pour toutes.

Tout au long de ces longs mois, Tagwayi reste prudent. Il n'entre chez lui pour souper que lorsque sa femme a fini de le servir. Mais un jour, une idée lui vient : s'il s'entraînait à compter tout bas ? Ce serait encore dix fois mieux.

Tagwayi s'exerce au jardin. Les arbres, les cailloux, les insectes, tout y passe. Il sait si bien compter tout bas que bientôt il n'a même plus besoin de remuer les lèvres. Encore un battement de paupières, ou des orteils à l'occasion, mais c'est à peine visible.

Enfin il peut rentrer quand il veut, et regarder sa femme lui servir ses repas. Il compte tout bas, rien à redire.

« Chiline chiline ! » chante le calao.

Sa femme, qui croit qu'enfin il a perdu pour de bon sa triste habitude, lui sert même quelques cuillerées de plus, en récompense.

Un soir qu'il est assis sur son lit, à compter en silence les cuillerées de tou-wôh qu'elle lui sert (« six, sept, huit... »), un voisin appelle à l'entrée :

— Hé, Tagwayi !

— Neuf ! répond Tagwayi.

Il se mord les lèvres, mais sa femme n'a pas réagi. Elle n'a même pas poussé de soupir. Elle continue de le servir.

Tagwayi répond au visiteur, sans détacher les yeux du chaudron. Le calao vient se poser non loin et le prévient : « Wo, woh ! Wo, woh ! » Mais Tagwayi n'y prend pas garde.

Sa femme en est à onze cuillerées, et s'apprête à servir la douzième quand Tagwayi revient vers elle.

— Ma foi, lui dit-il, si je n'avais pas abandonné l'habitude de compter les cuillerées, je dirais que tu en es à douze.

— Abandonné l'habitude ! s'écria sa femme,

furieuse. Tu crois peut-être que je ne t'ai pas entendu, quand tu as dit « Neuf » à l'instant ? J'ai cru un moment que c'était une erreur, mais je vois bien que tu l'as gardée, au contraire, ta vieille habitude !

— Enfin, m'as-tu entendu compter ? Je n'ai pas compté, il me semble ! Mais dis-moi, euh… c'est bien douze cuillerées que tu m'as servies, n'est-ce pas ?

— Oui, et c'étaient les douze dernières ! Tiens, la voilà, ta cuiller ! (Elle la lui lance sur le pied.) Tu pourras compter tout ton soûl, je te quitte !

Et dès le lendemain matin elle s'en va pour ne plus revenir.

— Mais que vais-je devenir, sans toi ? se désole Tagwayi.

— Tu n'as qu'à compter les brins d'herbe ! dit-elle en tournant les talons. Au moins, ça t'occupera !

« Wo, woh ! » pleure le calao.

Tagwayi n'a plus de femme. Plus moyen d'en trouver une. Il est resté assis par terre, où sa dernière femme l'a laissé. Et comme ce sont les brins d'herbe qu'il compte, gageons qu'il y est encore.

Pourquoi Grenouille et Serpent ne jouent jamais ensemble

Nigeria

Maman Grenouille avait un fils. Maman Serpent aussi. Un jour les deux enfants, chacun de son côté, sont sortis jouer dehors.

Maman Serpent a dit à son petit :

— Et sois prudent, hein ? Fais bien attention. Tout ce qui est grand est méchant, surtout ce qui a griffes et dents. Et ne va pas tout seul dans la brousse, tu serais sûr de t'y perdre. Et rentre avant la nuit, tu m'entends?

Serpenteau, ondulant dans l'herbe, est parti en sifflotant.

— Grifédan, Grifédan, tout ce qui est grand est méchant.

Maman Grenouille a dit à son petit:

— Et sois prudent, hein? Fais bien attention. Tout ce qui est grand est méchant, surtout ce qui a bec ou dents. Et ne va pas tout seul dans la brousse, tu serais sûr de t'y perdre. Et rentre avant la nuit, tu m'entends?

Grenouillot est parti en sautillant de pierre en pierre et en récitant:

— Bécoudan, Bécoudan, tout ce qui est grand est méchant.

Serpenteau chantait encore le chant du grand méchant Grifédan, Grenouillot de son côté celui du grand méchant Bécoudan quand ils se sont retrouvés nez à nez dans les hautes herbes. Ils ne s'étaient encore jamais vus.

— Eh! mais, qui es-tu, toi? a demandé Grenouillot. Pas un Bécoudan, j'espère?

Déjà il fléchissait les pattes, prêt à se sauver d'un bond.

— Oh non ! a répondu Serpenteau. Je ne crois pas, en tout cas. Maman m'appelle Fils de Serpent. Dans ma famille on est agile, on siffle, on glisse, on se faufile, il paraît qu'on est des reptiles ; donc sûrement pas des Bécoudans. Mais toi, au fait, tu t'appelles comment ? Pas Grifédan, j'espère ?

Déjà il amorçait une boucle, prêt à filer dans les hautes herbes.

— Pas du tout, je suis Grenouillot, Maman m'appelle Fils de Grenouille. Dans ma famille on est tout rond, on saute, on plonge, on fait des bonds, on s'appelle Grenouille ou Crapaud, mais certainement pas Grifédan.

Ils se sont regardés un instant, puis se sont écriés en chœur.

— Tu n'es pas du tout fait comme moi.

Leurs yeux se sont mis à briller. Ils avaient beau ne pas être de la même famille, ils savaient tous deux ce qu'on doit faire quand on vient de dire la même chose en même temps.

Grenouillot a avancé une patte, Serpenteau le bout de la queue, ils ont serré bien fort et récité en chœur :

Fais un vœu,
J'en fais un aussi
Et que les deux
Soient accomplis!

Chacun a fait son vœu en silence et lâché l'autre.

À cet instant est passée une mouche, et flip! Grenouillot l'a cueillie d'un coup de langue. Un hanneton la suivait de près, et flop! Serpenteau l'a gobé au vol.

Ils se sont regardés encore, pleins d'admiration l'un pour l'autre. Ils se sentaient vraiment bien, ensemble. Presque autant que de vieux amis.

— Si on jouait? a dit Grenouillot.

— Juste ce que je voulais! a dit Serpenteau. C'était mon vœu. Allons jouer dans la brousse.

Grenouillot en a sauté de joie.

— Oui, oui, dans la brousse! C'était mon vœu, justement: qu'on aille jouer tous deux dans la brousse. Tout seul, Maman ne veut pas que j'y aille, mais avec toi j'ai sûrement le droit.

L'instant d'après, au cœur de la brousse, ils se lançaient dans de grands jeux.

— Regarde un peu ! criait Grenouillot, perché sur une souche. Je vais sauter. Attention, uuun, deeeuuux, troooiiis, zou !

Et sur ses grandes pattes élastiques, hop ! il faisait le saut de l'ange.

— À mon tour, disait Serpenteau.

Il se coulait au sommet de la souche, se hissait sur la pointe de la queue, et hop ! s'élançait en l'air… Pour retomber piteusement, plus entortillé qu'un écheveau. Il riait et recommençait, sans guère plus de succès.

Plus drôle encore, ils se perchaient tous deux, sautaient en même temps et hop ! s'emboutissaient dans les airs. Mais ils ne se faisaient pas mal ; ils étaient aussi lisses et mous l'un que l'autre.

— Et maintenant regarde ! disait Serpenteau en regagnant la souche. Je vais ramper. Attention, uuun, deeeuuux, troooiiis, zouitch !

Et sur son ventre lisse et blanc, il se coulait jusqu'au sol.

— À mon tour, disait Grenouillot.

Il se mettait à plat ventre, gesticulait comme un pantin, commençait à glisser, terminait en roulé-boulé. On les entendait rire du fin fond de la brousse. Une partie n'attendait pas l'autre. Ils s'amusaient comme des fous et ne sentaient pas le temps passer. Avant la fin de la journée, ils étaient amis jurés.

Le soleil allait se coucher quand tout à coup Serpenteau s'est souvenu de sa mère.

— Oh, il faut que je m'en aille. J'ai promis à maman de rentrer avant la nuit.

— Moi aussi, a dit Grenouillot. Au revoir ! Peut-être à demain ?

Là-dessus, ils ont voulu s'embrasser, et Serpenteau était si heureux qu'il a serré Grenouillot très fort en l'enlaçant de plusieurs boucles. Que c'était bon d'étreindre un ami !

— Hé là, doucement ! a dit Grenouillot. Pas si fort, tu m'étouffes.

— Oh, pardon, a dit Serpenteau en desserrant un peu ses anneaux. Mais si tu savais comme je t'aime ! Je te trouve adorable, adorable à croquer !

Ils sont partis d'un grand fou rire, et se sont encore embrassés, un peu moins fort que la première fois.

— Moi aussi je t'aime bien, a dit Grenouillot. Tu es mon meilleur copain.

Et tous deux ont conclu en chœur :

— Allez, salut, à demain.

Fais un vœu,
J'en fais un aussi,
Et que les deux
Soient accomplis !

Et les voilà partis chacun de son côté, saute et saute, glisse et glisse, chacun vers sa chacunière.

Arrivé devant son trou, Grenouillot a frappé trois coups, et Maman Grenouille a ouvert.

— Mais d'où sors-tu donc, galapiat ? Tu es couvert d'herbe et de terre, regarde-moi ça, tu crois que c'est propre ?

— Bah, ça partira au lavage. Je me suis rudement bien amusé !

— Bien amusé, et avec qui ? Sûrement pas dans le marigot, avec tes amis grenouillots. À te voir, on dirait que tu as traîné toute la journée en brousse !

— Mais je n'y suis pas allé tout seul, M'man. J'y suis allé avec un copain. Si tu le voyais, il te plairait bien.

— Il me plairait, ah, tu crois? Un gaillard qui traîne dans la brousse?
— Regarde ce qu'il m'a appris à faire.

Et Grenouillot s'est jeté à plat ventre pour montrer à sa mère comme il savait bien ramper. La feuille de nénuphar qui servait de tapis a pris de vilains plis.
— Et tu trouves ça élégant! s'est fâchée Maman Grenouille. Veux-tu bien te redresser tout de suite! M'as-tu déjà vue me tortiller comme ça? J'aimerais savoir qui est cet ami qui t'apprend des horreurs pareilles.
— Il s'appelle Fils de Serpent.
— Quoi? Serpent? Fils de Serpent?
— Oui, Fils de Serpent. Pourquoi?

Maman Grenouille en était verte. Elle tremblait comme la feuille, alors elle s'est assise. Et elle a coassé d'une voix chevrotante:
— Écoute, Grenouillot, écoute bien ce que je vais te dire. Ton copain Fils de Serpent ne vient pas d'une bonne famille. Les Serpents sont des méchants. À éviter absolument. Tu m'entends, au moins, Grenouillot?

— Des méchants? Les Serpents? Fils de Serpent est gentil, tu sais.

— Ne t'y fie pas, ce sont des sournois. Des perfides, tous autant qu'ils sont. Double langue et entourloupettes. Du venin plein la bouche, des anneaux prêts à t'étouffer…

— Du venin? M'étouffer?

— Parfaitement, aussi – tu m'entends? – si jamais tu revois ce Serpent, fais-moi le plaisir de déguerpir, tu n'as rien à faire avec lui. Et que je ne te revoie pas te contorsionner comme ça. Ramper, c'est bon pour ces sans-pattes. Très peu pour nous, merci.

Tout en mettant le couvert, elle marmottait encore:

«Jouer avec un Serpent, je vous demande un peu!»

Elle a posé devant son petit une bonne bolée de bouillie.

— Allons, mange, et n'oublie pas: je n'engraisse pas mon Grenouillot pour faire le régal d'un serpent, crois-moi!

De son côté, Serpenteau était rentré à la maison.

— Maman, j'ai faim, faim, très très faim!

— Hé ! mais d'où sors-tu ? Regarde dans quel état tu es ! La langue pendante et le souffle court, qu'as-tu donc fait, toute la journée ?

— Moi ? J'ai joué, Maman. Seulement joué. Dans la brousse. Avec mon nouveau copain. À tout un tas de jeux nouveaux. Regarde ce qu'il m'a appris.

Serpenteau est grimpé sur la table et hop ! il a tenté le saut périlleux. Bien sûr il a manqué son coup, il a renversé le tabouret et s'est entortillé dedans.

— Allons bon, voilà autre chose ! s'est écriée Maman Serpent. Quel jeu stupide et dangereux ! À se briser le cou en moins de deux. Qui donc est ce nouvel ami qui t'enseigne pareilles sottises ?

— Fils de Grenouille, je crois qu'il s'appelle. C'est lui qui m'a montré ça. Tu devrais essayer. C'est à mourir de rire.

— Grenouille ? Tu as bien dit Fils de Grenouille ?

— Oui. Et c'est mon meilleur ami.

— Quoi ? Qu'est-ce que tu racontes ? Tu joues pendant des heures avec un grenouillot et tu rentres à la maison l'estomac dans les talons ?

— Oh, mais lui aussi avait faim, Maman. On s'est tellement bien amusés ! Je lui ai même appris à ramper.

— Miséricorde, mon pauvre enfant ! Viens donc un peu par ici, et écoute bien ce que je vais te dire.

Alors Serpenteau, docile, s'est enroulé sur son tabouret en ouvrant toutes grandes les ouïes.

— Ne sais-tu donc pas, mon garçon, que nous autres Serpents sommes grands amateurs de grenouilles ?

— Amateurs, comment ça ? Qu'est-ce que ça veut dire, amateur ?

— Amateur signifie qu'on aime bien quelque chose, a expliqué Maman Serpent.

— Mais justement j'aime bien Grenouillot ! s'est écrié Serpenteau.

— Non, non, tu n'as pas compris. Nous les aimons *à croquer*. Nous les aimons au dîner. Sur la table, pas en invités. Une vieille tradition de famille – contrairement à ces bonds idiots, que je t'ordonne d'abandonner.

Dans les yeux dorés de Serpenteau, la fente noire s'est faite toute ronde.

— Tu veux dire que nous les mangeons ? Oh, je ne pourrai jamais. Et surtout pas Grenouillot. C'est un copain, tu comprends.

— Un copain ! Qu'est-ce que tu me chantes ? Mais ça n'a ni queue ni tête ! Comme si on faisait du sentiment entre grenouilles et serpents ! Maintenant, écoute-moi, petit : la prochaine fois que tu vois ton ami, fais le fou avec lui, mais sitôt que la faim te prend, fini de jouer, mange-le !

Serpenteau n'a rien dit. Il a baissé le nez, il est allé se coucher.

Le lendemain matin, Serpenteau s'est levé tôt. Il s'est faufilé sans bruit hors de son lit d'herbes sèches, s'est étiré longuement. Le souvenir lui est revenu des paroles de sa mère, la veille, et du frisson de plaisir qui lui a couru le long de l'échine en étreignant son ami. Il a avalé distraitement son petit déjeuner d'œufs de loriot et s'est coulé hors du trou.

— Et n'oublie pas, lui a rappelé sa mère, ce que je t'ai dit des grenouilles. Méfie-toi de tout ce qui est grand, de tout ce qui a griffes et dents, mais les grenouilles, régale-t'en.

— Grifédan, Grifédan, chantait Serpenteau en rampant.

Il est allé dans la brousse pour y attendre Grenouillot. Il lui tardait de faire le fou, tout le jour, avec son ami, et de couronner la journée en se délectant de lui. Que ce serait bon de le serrer, serrer fort, de l'enlacer à l'en étouffer !

Le soleil était bon aussi, et Serpenteau chantait tout haut :

Fais un vœu,
J'en fais un aussi,
Et que les deux
Soient accomplis !

Mais le soleil montait, montait, et Grenouillot ne venait pas.

— Eh bien, il en met du temps ! se disait Serpenteau. Peut-être qu'il a attrapé mal au ventre, à ramper comme il l'a fait hier ? Il faut que j'aille au-devant de lui.

Serpenteau s'est mis en chemin, et il a eu tôt fait de trouver le marigot et le trou de Grenouillot. Il a frappé à la porte, trois bons coups, du bout de la queue.

— Toc, toc, toc. Y a quelqu'un ?

— Seulement moi ! a dit Grenouillot.

— Bonjour, c'est moi, Serpenteau. Tu veux bien me laisser entrer ?

— L'ennui, c'est que Maman est sortie, et qu'elle m'a interdit d'ouvrir à qui que ce soit.

— Alors sors et viens jouer. Je t'ai attendu toute la matinée.

— Impossible, a dit Grenouillot. Pas pour le moment, en tout cas.

— Dommage, tu sais, parce que Maman m'avait appris un nouveau jeu. J'aurais bien aimé te le montrer.

— Je comprends, a dit Grenouillot. Je comprends même très bien.

— Tu ne sais pas ce que tu manques.

— Peut-être, mais je sais ce que toi tu manques ! a éclaté de rire Grenouillot.

Serpenteau a eu un soupir.

— Je vois : ta mère t'a appris des choses. La mienne aussi, comme tu l'as deviné.

Alors, queue traînante et tête basse, Fils de Serpent est reparti, toujours soupirant, dans les herbes. Il n'y avait plus rien à faire, plus rien à dire, il avait tout perdu : un ami et un festin.

Fils de Serpent et fils de Grenouille n'ont pas oublié cette belle journée passée ensemble. Ni l'un ni l'autre, plus jamais, ne s'est tant amusé que ce jour-là. Souvent encore on les voit rêver, perdus dans leurs souvenirs, l'un sur une feuille de nénuphar, l'autre sur une pierre au soleil. Ils songent à ce jour merveilleux où ils ont fait les fous dans la brousse sans savoir qu'ils étaient ennemis, et chacun se demande à part soi :

« Et si personne n'avait rien dit ? Si nous étions restés amis ? »

Mais ils n'oseront plus jamais, jamais, faire la moindre partie ensemble.

Fais un vœu,
J'en fais un aussi,
Et que les deux
Soient accomplis.

Pourquoi les animaux ont une queue

Nigeria

Si l'on pouvait remonter dans le temps, mais loin, très loin, jusqu'au matin du monde, on verrait qu'au commencement les animaux n'avaient pas de queue.

Mais parfaitement, pas de queue ! Au commencement, Raluvhimba, le dieu du Bavenda, avait créé les animaux sans le plus petit semblant de queue. Et après tout, pour quoi faire une queue ? Raluvhimba n'y avait même pas songé une minute. Pas au commencement, en tout cas. Les animaux n'avaient pas de queue, c'est tout.

Quand Raluvhimba descendait du ciel pour une petite visite sur terre, il allait s'asseoir toujours au même endroit, sur son repaire favori, la cime du mont Tsha-wa-dinda. De là-haut, tranquillement, il contemplait son œuvre : les monts et les vallées, les arbres et les fleuves, le soleil, la lune, les étoiles.

— Hé hé, se disait-il (car en ce temps-là il n'avait que lui-même à qui s'adresser). Par ma foi, ce monde a plutôt fière allure. Je n'en suis pas mécontent.

Un jour qu'il se délassait ainsi sur le mont Tsha-wa-dinda, Raluvhimba fit un petit somme au creux de la caverne Luvhimbi. Dans son sommeil il vit en songe toutes sortes de créatures bizarres aller et venir sur terre. « C'est une idée », se dit-il à son réveil. Et il se mit au travail.

Et c'est ainsi qu'en quelques jours Raluvhimba créa les animaux : l'éléphant et le porc-épic, le lapin et le rhinocéros, le singe et le buffle, le renard et le lion – à poils ras ou angoras, à piquants, petits et grands, par centaines, et tous différents.

Oh, ce ne fut pas une mince affaire ! Aucun de ses essais ne fut un succès du premier coup. La crinière du lion, par exemple, était si longue au commencement qu'il se prenait les pattes dedans ; il fallut la lui retailler. La peau de la chèvre la tiraillait de partout, à peine si elle pouvait respirer ; il fallut défaire les coutures. L'éléphant (sans défenses) avait l'air bien trop doux, et le rhinocéros (sans cornes) n'avait l'air de rien du tout.

Pour finir, Raluvhimba s'amusa à créer quelque chose de minuscule. Ce fut la souris des champs. Il la prit au creux de sa main pour la regarder de plus près.

— Hé hé, dit-il, plutôt content de lui. Pas vilain ma foi. Et qu'on n'aille pas me dire que ce n'est pas petit !

Et tous les animaux reprirent en chœur :

— Oh si, c'est petit ! Vraiment tout petit. Et joli, aussi !

Mais jusqu'ici, petits ou grands, les animaux n'avaient pas de couleurs. Alors

Raluvhimba cueillit des plantes ici et là, et il se concocta toutes sortes de teintures. Avec des restes de poils il se fit un pinceau, et il peignit ses animaux – les uns en uni, les autres bariolés, les uns avec des taches, les autres des marbrures, d'autres encore avec des rayures.

— Maintenant, plus rien ne vous manque, dit-il à son petit monde. Et je peux vous dire : vous êtes beaux.

En ce temps-là, il n'y avait pas le moindre être humain sur terre. Raluvhimba n'avait pas encore imaginé de créer l'homme, aussi tous les animaux vivaient-ils sans crainte aucune. Ils allaient et venaient à leur guise, broutaient ce qui leur tombait sous la dent. Ils avaient bon appétit, mais de bonnes manières aussi. L'idée ne leur serait pas venue de se dévorer entre eux. Ils étaient tous végétariens. L'agneau faisait la sieste entre les pattes du lion, le renard léchait le lièvre. Ils vivaient en paix, tous ensemble.

Partout où le portaient ses pas désormais, par monts et par vaux, de prairie en forêt, Raluvhimba rencontrait des animaux heureux de vivre qui le saluaient avec entrain. Il n'était plus seul sur terre, et la compagnie lui plaisait. Dans l'air et dans l'eau, par contre, c'était encore un peu triste. Il n'y avait toujours rien, rien qui vive et respire, rien que de grands espaces désolés.

Alors Raluvhimba retourna faire un somme dans la caverne Luvhimbi, et il y vit en songe des créatures nouvelles, des êtres faits pour l'eau, des êtres faits pour l'air. À son réveil, il se mit au travail. Il façonna les poissons, gainés d'écailles d'argent, pour jeter des éclairs joyeux dans les fleuves et les océans. Il façonna les oiseaux, tout en plumes et en os légers, pour fuser dans le ciel et y lancer leur chant.

— Hé hé ! dirent les animaux. Pas mal du tout. Voilà ce qui s'appelle créer. Exactement ce qui manquait !

Et maintenant Raluvhimba avait des amis partout. Tout était pour le mieux en ce monde, sur la terre ferme comme dans les eaux et dans les airs.

Chaque fois que Raluvhimba s'enfonçait au

creux de l'océan, les poissons par bans immenses venaient le saluer des nageoires. Chaque fois qu'il s'élançait vers le ciel, les oiseaux fusaient à tire-d'aile et le régalaient de leurs chants. Lorsqu'il se promenait sur terre, les animaux disaient « Belle journée » et ils agitaient leurs oreilles – car, il ne faut pas l'oublier, ils n'avaient pas de queue pour saluer.

Un jour, Raluvhimba jouait avec les animaux sur les pentes du mont Tsha-wa-dinda. Comme ils adoraient le voir créer, ils faisaient la ronde autour de lui en chantant à tue-tête :

Créateur, crée de nouveau !
Fais naître quelque chose de beau,
Plus petit que la souris
Et qui soit vivant aussi !

— Quelque chose de velouté comme moi, dit le renard.

— Avec de belles rayures, surtout, dit le zèbre.

— Oh, et aussi de longues oreilles, dit le lièvre. Pour pouvoir les agiter fort.

Raluvhimba éclata de rire. Il ferma les yeux, se frotta le front. Une idée lui venait.

Ses doigts s'agitèrent un instant. Puis il ferma ses mains en conque et souffla dedans. Lorsqu'il les rouvrit, oooh ! L'araignée était là, velue, rayée, bien vivante, et déjà occupée à tisser.

Les animaux s'approchèrent.

— Pas mal, dit le lièvre. Et encore plus petit que la souris. Je ne vois pas d'oreilles, mais que de pattes, que de pattes !

Les animaux se mirent à compter.

— Tout ça de pattes ! Une, deux, trois, quatre, cinq, six, sept, huit – quatre de plus que nous ! Six de plus que les oiseaux ! Huit de plus que les poissons !

— Huit pattes, huit pattes !

— Et pas une seule n'est droite !

Alors l'araignée, agile, noua son fil à l'index de Raluvhimba et se laissa tomber, en souplesse, jusqu'au sol.

— Et sans se faire de mal ! s'émerveillèrent les animaux.

— En retombant sur ses pattes !

— Recommence, recommence !

— Facile, dit l'araignée qui remontait déjà, le long de son fil, vers la main de Raluvhimba. Et si un jour vous avez un message à transmettre au Maître, venez me trouver. Je reste en liaison avec lui.

Ce fil qui la reliait au Créateur, l'araignée en était aussi fière que le lièvre de ses oreilles. Raluvhimba était heureux de voir que les autres animaux acceptaient l'araignée parmi eux. Il décida de créer encore d'autres créatures minuscules.

Alors il créa la mouche, lui donna un compagnon, et tous deux n'eurent rien de plus pressé que de se multiplier à plaisir. Las ! C'est de cette tribu de mouches que naquirent tous les ennuis.

Au début, pour toute pitance, les mouches se contentèrent de sève et de rosée, comme leur tante l'araignée. Mais elles avaient une vilaine manie : se percher sur autrui sans y être conviées. Jamais l'araignée ne faisait chose pareille. Et les mouches avaient beau peser moins qu'un grain de mil, personne n'aimait beaucoup leur servir de perchoir.

— Eh, descendez de là, disait le lapin.

— Allez donc sur un arbre, disait le zèbre.

— Pas sur mon mufle, enfin ! grognait le bœuf.

Mais il n'y avait rien à faire. Les mouches n'en faisaient qu'à leur tête. Et un jour que le sanglier ruait pour se débarrasser d'elle, une mouche exaspérée lui mordit dans le lard un bon coup. À son propre étonnement, elle en trouva le goût excellent. Elle y mordit encore, pour voir, après quoi, mise en appétit, elle s'envola pour aller goûter à d'autres couennes des environs. L'expérience lui plut beaucoup.

— Hé, hé, pas détestable du tout ! Infiniment plus succulent que la sève ou la rosée…

Elle alla trouver ses cousines :

— Si vous voulez vous régaler d'un mets qui ait un peu de corps…

La nouvelle se répandit en un rien de temps. Bientôt toutes les mouches étaient occupées à déguster tout ce qu'elles voyaient passer, éléphant, zèbre ou singe, mouton ou hippopotame. Tout en allant et venant, au vol, elles échangeaient leurs impressions :

— Tu devrais essayer le lion, c'est exquis. Là-dessus, un rien de gazelle, et un soupçon de lapin pour finir – tu m'en diras des nouvelles !

Sous la morsure des mouches – un pincement aigu, comme une piqûre d'épine – les animaux poussaient de petits cris, s'ébrouaient, faisaient volte-face. Les uns sautaient en l'air, les autres se roulaient par terre, d'autres se frottaient à l'écorce d'un arbre. Nul ne s'étonnait plus de ces frénésies subites. Les mouches en étaient la cause.

Pour finir, les animaux décidèrent que c'en était trop. Ils appelèrent l'araignée et lui annoncèrent qu'ils avaient un message à transmettre à Raluvhimba.

— Très bien, et que dois-je lui dire ? demanda l'araignée.

— Que les mouches sont un fléau ! Que ce ne sont pas des amies pour nous. Qu'elles sont toujours sur notre dos, à nous harceler, nous mordre, nous piquer, nous sucer le sang. Dis-lui de les reprendre au plus vite.

L'araignée ne perdit pas de temps. Elle tira sur quelques fils, découvrit celui qui montait au ciel et disparut dans les airs.

— Tiens, c'était donc toi, Araignée, dit Raluvhimba en la voyant arriver. Il m'avait bien semblé, aussi, sentir quelque chose tirer sur mon orteil.

— Salut, dit l'araignée. (Ce n'était pas le

moment de gaspiller son temps en manières.) J'ai un message pour toi, de la part des animaux. Ils disent que les mouches sont un fléau. Qu'elles mordent et piquent et sucent le sang, et que personne ne veut plus d'elles. Il faut que tu les reprennes au plus vite.

— Comment ? dit Raluvhimba. Mais je ne peux pas reprendre ce que j'ai donné ! C'est ainsi. Et après tout, c'est la vie. Mais les mouches ne se nourrissent-elles donc pas, comme toi, de pousses tendres et de rosée ?

— Oh non, sûrement pas, dit l'araignée. Elles mordent à même la peau, et sucent le sang qui est dessous. Ce ne sont pas des amies. En tout cas, tel est le message dont les animaux m'ont chargée. Il faut que tu fasses quelque chose, et vite. Personnellement je n'ai pas à me plaindre, les mouches n'osent pas s'en prendre à moi, trop heureuses que je les délivre quand elles se prennent dans ma toile, mais pour mes amis, je l'avoue, il y a de quoi devenir fou.

Raluvhimba réfléchissait.

— Je n'arrive pas à croire que dans ma création les mouches soient une bavure.

Hélas, c'était le cas pourtant, et cela dès le commencement des temps ou presque. Oh, un modeste défaut, un tout petit vice de fabrication, mais de fort mauvais augure – et l'homme n'avait pas encore été créé.

— Écoute, Araignée, dit Raluvhimba. Quand les mouches se prennent dans ta toile, si tu les y laissais au lieu de les délivrer ?

— Mais qu'est-ce que j'en ferais, moi, de ces mouches ?

— Tu pourrais les manger, par exemple.

— Beuark, dit l'araignée.

Cette seule pensée lui levait le cœur. Elle était végétarienne, la chair de mouche ne lui disait rien.

— Attends, dit Raluvhimba. J'ai une idée meilleure encore. Ce qu'il faut à mes animaux, c'est une queue pour chasser les mouches.

— Une queue ? dit l'araignée.

— Oui, une queue. Un prolongement souple, si tu préfères. Un peu comme ce qu'ont les oiseaux, pour mieux voler, et les poissons, pour mieux nager. Mais ce sera pour chasser les mouches.

— Et quand les fabriqueras-tu, ces queues ? demanda l'araignée. Ce doit être compliqué à faire, non ? Certainement plus compliqué que pour les oiseaux et les poissons.

— Aujourd'hui est le jour de la Lune, dit Raluvhimba. Va prévenir les animaux que demain matin, dès l'aube, je les attendrai dans la caverne Luvhimbi, sur le mont Tsha-wa-dinda. Là, je leur fournirai des queues. À tous.

— Parfait, dit l'araignée. Demain est donc le jour des queues. Le grand jour du marché aux queues.

Elle redescendit le long de son fil et s'en fut vivement annoncer la nouvelle. Quand les animaux comprirent de quoi il retournait, ils ne tinrent plus en place. Tous se mirent en route, sur-le-champ, pour le mont Tsha-wa-dinda. Seul le lapin, trop paresseux, préféra se rendormir.

— Hé, debout, longues oreilles ! lui dit l'araignée. Tu as entendu ce que j'ai dit, je le sais. Allez ouste, en route !

— En route ? Alors explique-moi pourquoi tu restes plantée là, toi la première ?

— Je n'ai rien à faire d'une queue, moi. Mais toi, si.

— Pourquoi me presser ? Des queues, il y

en aura des tas. Et puis ce sera la bousculade et je n'ai pas l'intention de faire la queue.

— À ton aise, dit l'araignée.

Le lapin bâilla et se rendormit.

Le lendemain, à son réveil, quand le lapin mit le nez dehors, il vit ses frères les animaux qui redescendaient de là-haut, tous équipés de queues plus belles les unes que les autres. Et sitôt qu'une mouche se posait sur une croupe, une échine, flip, flop ! en deux coups de queue elle se faisait balayer.

Les animaux avec des queues ! C'était tout un spectacle, au début ! De l'inédit, du jamais vu. Le lapin était forcé d'admettre que c'était loin d'être laid, d'ailleurs. Mais il n'avait toujours pas le courage de faire plus que de s'étirer.

« Et si j'y envoyais quelqu'un à ma place ? » se dit-il soudain en bâillant. Le renard arrivait justement.

— Ah ! frère Renard, dit le lapin, que cette queue te va donc bien ! Les mouches n'oseront plus te toucher. Et je parie – va savoir pourquoi – que tu cours encore plus vite qu'avant, avec ce panache au vent.

— Mais absolument, dit le renard. Maintenant, je file comme l'éclair.

— Frère Renard, reprit le lapin, puisque tu cours si vite à présent, voudrais-tu retourner là-bas et choisir une belle queue pour moi ? Je t'en serais si reconnaissant !

— Mais bien sûr, j'y vais de ce pas ; tout le plaisir sera pour moi.

Le renard s'élança. Mais il s'arrêta tant et tant, chemin faisant, afin de comparer sa queue avec celle de chaque ami rencontré, qu'il mit trois fois plus de temps pour regagner la caverne qu'il n'en eût fallu au lapin, même en marchant sur les mains.

Lorsqu'il atteignit la caverne, il n'y avait plus personne. À l'exception du lapin, tous étaient déjà passés se choisir une queue à leur idée. Le renard écarquilla les yeux ; en fait de queue, il n'en restait plus une. Il allait s'en retourner lorsqu'il avisa, en sortant, un plumet de poils coincé dans la roche.

— Hum, dit-il. Un reste de la bousculade. Pas terrible, pour chasser les mouches, mais c'est tout ce qui reste, si je comprends bien. Bah, après tout, puisqu'une longue queue fait si bel effet avec de petites oreilles, peut-être qu'une petite queue en fera tout autant avec de longues oreilles ?

Il prit la touffe de poils et redescendit au trot.

Depuis sa toile dans les hautes branches, l'araignée vit le renard s'approcher – on en voyait surtout la queue, désormais. Quant à la queue qu'il devait rapporter, elle n'avait pas l'air bien grosse. L'araignée alla se poser sur la mousse près du lapin.

— Et où est ta queue, frère Lapin ?

— Elle arrive, ne t'inquiète pas.

À ce moment le renard vint déposer aux pieds du lapin le ridicule pompon de fourrure.

— Voilà ta queue, frère Lapin, dit-il. Je sais, elle ne vaut pas la mienne, mais c'est tout ce qu'il restait. Et c'est toujours mieux que rien. La dernière mode, à ce qu'il paraît.

Le lapin cligna des yeux.

— Tourne-toi un peu, lui dit le renard, que je t'aide à te la mettre.

Le lapin restait coi. Le renard le prit par les oreilles et d'un coup de patte bien appliqué lui cala la queue en place. Là-dessus, pouffant de rire, il tourna les talons et s'en fut.

L'araignée regagna sa toile en chantonnant à mi-voix :

Si tu veux être bien servi,
Sers-toi toi-même
Ou ce sera tant pis !

Mais ce petit brin de morale ne fit que davantage enrager le lapin :

— Ce sacré renard ! Le filou ! D'abord, pourquoi lui a-t-il fallu tout ce temps ? Une attente si longue pour une queue si courte ! C'est sa faute à lui si je n'ai qu'un bout de queue. Mais il ne perd rien pour attendre, c'est moi qui aurai le mot de la fin…

Entre le lapin et le renard, cela n'est donc que le début de l'histoire, de quantités d'autres histoires. Mais longues ou courtes – ou entre les deux – les histoires sont comme les queues : on arrive toujours au bout.

Et celle-ci est terminée.

Tables des matières

Castor Poche

Des livres pour toutes les envies de lire,
envie de rire, de frissonner,
envie de partir loin
ou de se pelotonner dans un coin.

Des livres pour ceux qui dévorent.
Des livres pour ceux qui grignotent.
Des livres pour ceux qui croient ne pas aimer lire.
Des livres pour ouvrir l'appétit de lire et de grandir.

Castor Poche rassemble des textes du monde entier ; des récits qui parlent de vous mais aussi d'ailleurs, de pays lointains ou plus proches, de cultures différentes ; des romans, des récits, des témoignages, des documents écrits avec passion par des auteurs qui aiment la vie, qui défendent et respectent les différences. Des livres qui abordent les questions que vous vous posez.

Les auteurs, les illustrateurs, les traducteurs vous invitent à communiquer, à correspondre avec eux.

Castor Poche
Atelier du Père Castor
4, rue Casimir-Delavigne
75006 PARIS

Castor Poche, des livres pour toutes les envies de lire : voici une sélection de contes, légendes et récits du monde entier.

775 17 contes du bouddhisme **Junior**

par Thalie de Molènes

En 566 avant notre ère, naquit au Népal le prince Siddharta, plus connu sous le nom de Bouddha. Sa pensée donna naissance au bouddhisme. Son enseignement prend vie dans ces dix-sept contes, à travers des animaux gourmands et bavards, des hommes ignorants ou naïfs... un univers finalement très proche de la vie et des gens de tous les jours !

774 13 contes et récits d'Halloween **Junior**

par Françoise Rachmühl

Halloween ? On pense à un cortège de fantômes, de sorcières et de vampires, dans la lumière de grosses citrouilles jaunes, direz-vous. Mais savez-vous que cette fête est née il y a 3000 ans, chez les Celtes, pour célébrer la fin des récoltes et communiquer avec les morts ? Ce recueil vous dira tout sur Halloween, et fera de vous le spécialiste des histoires de chauves-souris... et de momies !

773 10 contes de Slovaquie **Junior**

par Maria Durickova et Peter Glocko

Entre Danube et Carpates, la Slovaquie abrite une culture populaire riche en images et originale. Que l'on soit prince ou jeune paysanne, c'est au roi du temps que l'on demande conseil dans ces dix contes, ou bien aux douze mois de l'année, à la lune, au soleil et au vent... La nature et les saisons y dictent une loi plus forte que celle des rois : la poésie.

772 10 contes des Mille et une nuits **Junior**

par Michel Laporte

Il était une fois, à la cour du sultan des Indes, la fille du grand-vizir, Schéhérazade... qui toutes les nuits racontait au prince un nouveau conte. C'est ainsi que naquirent Ali Baba et les quarante voleurs, mais aussi Hassan le cordonnier, la fée Péri Banou, et le petit bossu... Entrez dans cet univers merveilleux où les pêcheurs parlent aux poissons et les princes épousent des fées.

771 Perceval **Senior**

par Camille Sander

« Il était une fois un roi nommé Arthur, et un château abritant le Graal... » Ces mots magiques ont bercé le Moyen Âge avant de parvenir jusqu'à nous. Mais ils ont d'abord guidé Perceval dans sa quête impossible de la mystérieuse coupe, faisant de ce jeune garçon simple un des plus célèbres chevaliers de la Table Ronde.

770 10 contes du Japon **Senior**

par Rafe Martin

Univers envoûtant des samouraïs et des geïshas, le Japon est aussi une île de poésie et de rêve. On y raconte qu'un peintre donna naissance à des chats en les peignant, qu'une jeune fille fut blessée lorsqu'on entailla l'arbre qui porte son nom... dans ces dix contes, la nature et le fantastique ne font qu'un.

769 Les quatre fils Aimon **Senior**

par François Suard

Savez-vous que le règne de Charlemagne fut ponctué de rivalités entre princes et seigneurs, jonché de cadavres ? Le plus célèbre témoignage en est l'histoire des quatre fils Aimon, et les épisodes multiples de leurs luttes familiales, dans cet univers de chevalerie... où les idéaux de fidélité et d'amitié ne sont pas toujours vainqueurs.

768 17 récits de pirates et de corsaires **Junior**

par Brigitte Coppin

Pirates et corsaires ont hanté toutes les mers, depuis que les bateaux existent... Mais savez-vous ce qui les différencie ? Effroyables filous ou honnêtes hommes, Surcouf, les frères Barberousse et le célèbre Barbe-Noire, nous confient leurs destinées. À l'abordage !

729 15 contes juifs du monde entier **Junior**

par Howard Schwartz et Barbara Rush

Avez-vous déjà vu un ange sans ailes ? Venus du Yémen, d'Irak, du Maroc ou de Pologne, ven,us aussi du fond des temps, ces quinze récits brefs et colorés marient dans une langue simple le quotidien et le merveilleux, le déroutant et la familier.

728 Marseille, de Phocée à César **Senior**

par Dominique Buisset

Onze textes pour évoquer des légendes, des anecdotes, ou des épisodes marquants de l'histoire de Marseille dans l'Antiquité, depuis ses origines phocéennes (600 av. J.-C.) jusqu'à la prise de la ville par Jules César.

727 10 récits de la danse classique **Senior**

par Anne-Marie Pol

Univers de grâce et de beauté, la danse classique est aussi synonyme de souffrances, de rivalités. Ces récits présentent les plus grands maîtres de la discipline, des bals à la cour du roi, jusqu'aux premières danseuses sur pointes.

726 10 contes du Grand Nord **Junior**

par Howard Norman

Venus du Groënland, d'Alaska ou de Sibéric, ces dix contes tirés de la tradition inuit nous invitent à plonger dans un monde où l'on épouse les mouettes, où les visiteurs impolis sont punis par les morses, et où les rêves des enfants font venir les oies...

703 12 contes de Guyane **Junior**

par Yves-Marie Clément

Ne cherchez ni fées ni baguettes magiques dans ces contes de la Russie des tsars. Ils sont le règne des pommes rajeunissantes, de l'eau vivifiante, de la ravissante Vassilissa, du preux Ivan et surtout... de l'affreuse Baba-Yaga!

702 7 récits des premiers trains **Junior**

par Michel Ehret

En sept récits allant de Londres à Bombay, ou de Venise au Caire, revivez la fantastique aventure des pionniers du rail. Prouesses techniques, voyages féériques: le monde des trains a de tous temps fasciné puissants et enfants.

695 7 contes d'Irlande **Senior**

par Anne Pons

Contré enchantée, l'Irlande est le royaume des druides et des chevaliers, de saint Patrick et de Deirdre des douleurs, de Cuchulain et des vaches de Cooley. Voyage au cœur de la mythologie celte...

687 14 contes de Russie — Senior

par Robert Giraud

Ne cherchez ni fées ni baguettes magiques dans ces contes de la Russie des tsars. Ils sont le règne des pommes rajeunissantes, de l'eau vivifiante, de la ravissante Vassilissa, du preux Ivan et surtout... de l'affreuse Baba-Yaga !

680 16 contes de loups — Junior

par Brigitte Coppin

Voici seize contes, pour passer des dents de la peur à la chaude fourrure de la tendresse, pour découvrir les multiples visages du loup dans l'imaginaire du monde, à travers tous les temps.

669 15 contes d'Amérique latine — Junior

par Osvaldo Torres

Véritable « invitation au voyage », ces contes sillonnent l'Amérique latine toute entière. De la Patagonie au lac Titicaca, de l'Amazonie à la Pampa, ils célèbrent un univers magique, parfois surnaturel, où les animaux et la nature règnent en maîtres...

666 9 récits de Paris — Senior

par Liliane Korb et Laurence Lefèvre

Saviez-vous que les Normands avaient attaqué Paris par la Seine ? Avez-vous déjà vu le Petit Homme Rouge aux Tuileries ? La Capitale regorge d'histoires, presque toutes vraies...

665 13 contes de l'Empire mongol — Senior

par Laure de Cazenove et Odile Weulersse

Dans le désert des steppes, les caravanes avancent, doucement. Malgré ce calme apparent, nombreuses sont les aventures qui se déroulent autour des troupeaux. Genghis Khan passe par là et le vent se met à souffler très fort.

664 6 récits d'un château-fort **Junior**
par Jacqueline Mirande
Aujourd'hui il ne reste que des ruines. De Philippe-Auguste à Napoléon III, la vie et la mort d'un château-fort. Sa construction, ses aventures, ses batailles nous sont racontées à travers les siècles.

663 21 contes d'ours **Junior**
par Michel Bournaud
On dit souvent des ours qu'ils sont féroces et mal léchés... En Russie ils sont rois ; en Norvège ils volent le soleil ; en Amérique du Nord, ils sont si familiers qu'on les dit humains... Pour frissonner et rêver.

634 La légende d'Yvain, le chevalier au lion **Senior**
par Camille Sander
Yvain, chevalier à la cour du roi Arthur, part chercher l'aventure qui le consacrera aux yeux de tous comme un brave. Un lion le suit partout, pour affronter dragon, géant et démon qui le guettent...

625 19 contes du Limousin **Junior**
par Jan Dau Melhau
Un enfant gros comme un poing dans l'estomac d'un loup, un homme qui se mesure au diable... à la découverte du folklore occitan, ses mythes, contes moraux et contes d'animaux, facéties et démesures.

618 Les douze travaux d'Hercule **Junior**
par Dominique Buisset
— Hèraklès, chez les anciens Grecs, était un des héros les plus populaires de la mythologie.
— Vous parlez d'Hercule?
— Il s'appelait Hèraklès! Au terme d'une vie d'épreuves....Il fut récompensé par l'apothéose.
— L'apothé-quoi?
— Oh! La barbe!.... Vous n'avez qu'à lire le livre vous-même!

617 La nuit de la Saint-Sylvain — Junior

par Madeleine Ley

Les canaux sont gelés, les patineurs s'en donnent à cœur joie. Dans la nuit froide, un bateau est figé dans la glace, il n'existe que pour Barbara, juste pour elle, le temps de la nuit de la Saint-Sylvain.

605 Les aventures du chevalier Huon — Senior

par François Suard

Huon de Bordeaux est condamné par Charlemagne à partir pour Babylone, loin, très loin. Il doit en rapporter la preuve de sa fidélité. Commence alors pour le beau chevalier un voyage aux confins du monde connu. Il y rencontre une fée, des créatures dangereuses, mais aussi l'amour…

588 La légende de Mélusine — Senior

par Michèle Perret

Punie pour une faute qui ressemble plutôt à une grosse bêtise d'enfant, Mélusine est une jeune fée condamnée à errer, le plus souvent sous forme de serpent, jusqu'au jour où elle rencontrera un homme qui veuille bien l'épouser et ne jamais chercher à la voir le samedi. Le jeune Raymondin, perdu et désespéré, tombe amoureux d'elle et accepte ses conditions. Mais alors que la jalousie la tenaille, saura-t-il tenir sa promesse?

570 Contes de Vivek l'éléphant — Junior

par Partap Sharma

En Inde, l'éléphant est le symbole de la sagesse, il protège les maisons et les hommes. Vivek l'éléphant et son jeune maître, Shintu, affrontent une terrible sécheresse et doivent quitter le village pour chercher de l'eau. Ces quatre contes indiens nous révèlent un monde bien loin du nôtre et sont un hymne à la générosité, à la sagesse.

566 9 contes de Grimm **Junior**

par Wilhelm Grimm
Jacob Grimm

La Belle au bois dormant, le Petit Chaperon Rouge, Cendrillon... Voici une sélection de neuf contes, parmi les plus connus, recueillis par les frères Grimm.

554 30 contes du Viêt-nam **Junior**

par Nguyên-Xuân-Hùng

Pourquoi le tigre a-t-il des rayures ? Comment sont apparus les singes aux fesses rouges ? Savez-vous pourquoi le génie des Montagnes et le génie des Eaux sont les pires ennemis ? Les contes et légendes de ce recueil nous entraînent dans l'histoire et les traditions orales du Viêt-nam.

550 La légende oubliée **Junior**

par Adeline Yzac

Marie a disparu ! Elle ne laisse pour seule trace que l'anse de sa cruche brisée. Le village est bouleversé et son promis, Antonin, jure de la retrouver. Il part, guidé par les mots d'une légende oubliée qui lui revient peu à peu à la mémoire, et dont il pressent que la chute lui donnera la solution de sa quête.

545 La légende de la ville d'Ys **Senior**

par Charles Guyot

À Quimper règne Gradlon ; il aime sa fille, Dahut, passionnément. Dahut, belle, fière et indépendante, refuse de se soumettre à la loi de l'Église. Par amour pour elle, Gradlon construit Ys. La ville est un défi pour Corentin, évêque de Quimper, et la lutte s'engage.

529 Les fables de La Fontaine — Junior

par Jean de La Fontaine

Une sélection de fables savoureuses, où les animaux parlent notre langue et portent nos habits. Le plus célèbre fabuliste met en scène bon nombre de défauts des hommes avec une verve et un talent incontestables.

488 14 contes de la forêt Barrade — Junior

par Thalie de Molènes

La forêt Barrade est le refuge des fées et des sorciers... Écoutons les histoires d'autrefois que les anciens racontaient à la veillée. Alors que, dehors, le drac, les lébérous, la demoiselle de Chaban se partageaient le royaume de la nuit...

192 Dix-neuf fables du méchant loup — Junior

par Jean Muzi

Dix-neuf fables et contes empruntés à la littérature populaire d'Europe, d'Asie et du Moyen-Orient dans lesquels le loup est accusé des pires cruautés. Tour à tour couard, naïf, lourdaud, sot et borné, le loup tombe sans cesse dans les pièges les plus grossiers. Accablé de moqueries, ridiculisé et berné, il subit de cruels supplices.

185 17 contes d'Espagne — Junior

par Carmen Bravo-Villasante

Dix-sept contes tirés du trésor des récits traditionnels scrupuleusement recueillis dans les différentes régions d'Espagne. Des récits humoristiques, merveilleux et symboliques qui intriguent et réjouissent tout à la fois, et où la peur se transforme rapidement en rire...

169 **10 contes d'Afrique noire** **Junior**

par Ashley Bryan

Dix contes africains pleins de vie, déroutants et drôles où l'on voit la poule ruser avec la grenouille, le buffle et l'éléphant se prendre de querelle, un bébé grenouille et un petit serpent jouer ensemble avant de se découvrir ennemis jurés…

145 **20 contes du Niger** **Junior**

par Jean Muzi

Le Niger est l'un des plus grands fleuves d'Afrique. Voici vingt contes qui reflètent la culture des cinq pays qu'il traverse ; la Guinée, le Mali, le Niger, le Bénin et le Nigéria. Derrière la simplicité des récits, le comique des situations et l'humour des personnages se cache une profonde sagesse.

135 **17 contes d'Algérie** **Junior**

par Rabah Belamri

Dix-sept contes recueillis dans un village de Kabylie. De vrais contes, souvent drôles, parfois cruels, où la magie est omniprésente et dans lesquels la tendresse, l'humour et la dérision se font les garants de toute une tradition orale. Ces contes parleront à tous d'une culture authentique et colorée.

108 **10 histoires de diable** **Junior**

par Natalie Babbitt

Rude métier que celui du diable ! Une réputation à tenir, et la lourde charge de l'enfer, de ses pensionnaires bien souvent grincheux (c'est logique), et de son personnel qui oublie parfois d'être démoniaque. Alors le diable descend sur terre pour y tenter quelques mauvais coups… Mais il n'est pas si facile de duper les humains !

90 **19 fables du roi lion** **Junior**

par Jean Muzi

Dix-neuf fables originaires de plusieurs continents qui nous présentent un lion peu fidèle à son image habituelle. Le roi des animaux, tour à tour peureux ou lâche, est ridiculisé ou berné par des animaux beaucoup plus faibles que lui. « La raison du plus fort n'est pas toujours la meilleure. »

85 **Bachir et les sept épreuves** **Junior**

par Pierre Bourgeat

Bachir est un jeune garçon espiègle et futé. Il ne manque pas d'idées pour répondre aux railleries des femmes de la maison. Pour leur échapper, Bachir va garder les chèvres de son père sur les plateaux de Kabylie. « Enfin un peu de calme ! » pense-t-il. Mais voilà que le Djinn, le génie de tous les génies, lui confisque ses sept chèvres et lui impose sept épreuves pour les regagner. Qui sera le plus malin, le Djinn ou Bachir ?

70 **16 contes du monde arabe** **Junior**

par Jean Muzi

Seize contes recueillis auprès de conteurs du Moyen-Orient, appartenant à la littérature orale arabe. Ils sont en quelque sorte un prolongement des contes des Mille et Une Nuits. Influencés par l'islamisme, ils mettent en scène des animaux et des hommes, dont les comportements reflètent la sagesse des peuples du désert.

59 **19 fables de renard** **Junior**

par Jean Muzi

Dans ces fables, empruntées à la littérature populaire d'Afrique, d'Asie, ou d'Europe, Renard est toujours perfide, fin, rusé et subtil dans ses rapports avec les autres animaux. Il berne presque toujours ses voisins, mais il lui arrive parfois d'être pris à son propre piège…

46 15 contes de l'Inde **Junior**

par Leonard Clark et Partap Sharma

L'éléphant, symbole de la sagesse, est une figure centrale dans les contes de l'Inde : il protège les enfants et les plus faibles, sait reconnaître le juste et le malhonnête. En effet, les histoires de trahison ne manquent pas dans ces quinze contes... aussi bien chez les humains que chez les animaux !

39 37 fables d'Afrique **Junior**

par Jan Knappert

Savez-vous qu'aux premiers temps du monde tous les animaux étaient des animaux domestiques? Savez-vous comment certains quittèrent l'homme, et devinrent des animaux sauvages? Savez-vous comment fut créé le chameau? Et de quoi discutent l'araignée et le mille-pattes quand ils se font des confidences?

32 7 contes du Maroc **Junior**

par Tony Barton

Sur la grande place de Marrakech est assis le conteur. Pour quelques piécettes, il raconte des histoires où se mêlent la magie et le merveilleux, la sagesse et l'humour. Elles sont peuplées de djinns et de goules, et imprégnées de la saveur d'un peuple voué aux échanges.

16 25 contes des peuples indiens **Junior**

par Marie Colmont

Qu'ils appartiennent aux tribus des terres sèches ou bien à celles des forêts, les Indiens vivent au rythme de leurs légendes ; dans la guerre ou la paix, ils écoutent la nature et ses dieux. Et quand le Manitou les appelle, ils sont prêts à accomplir leur dernière marche, pour rejoindre le Royaume de la Chasse Éternelle.

Cet
ouvrage,
le cent-
soixante-neuvième
de la collection
CASTOR POCHE,
a été achevé d'imprimer
sur les presses de l'imprimerie
Maury Eurolivres
Manchecourt - France
en octobre 2004

Dépôt légal: octobre 1998.
N° d'édition : 4493. Imprimé en France.
ISBN: 2-08-164493-9
ISSN: 0763-4544
Loi n° 49-956 du 16 juillet 1949
sur les publications destinées à la jeunesse